攻略できない峰内さん
Koryaku Dekinai Mineuchi san
2
之雪 KOREYUKI
|画|そふら

廃部騒動から無事に
部活動を守り抜いた剛《つよし》
先輩の風《ふう》と他愛ない
時間を過ごしつつ——

パシャ
パシャ
同じく先輩の由衣《ゆい》に
弄られる
日々を送っていた
パシャ
!?
♪
春日由衣
yui kasuga
逃。

ザワ
ザワ
1-3
日直
中野
ある日、剛《つよし》のクラスに
交換留学生が現われる

レインと名乗る留学生は
なんと風《ふう》と同じく
世界ランカーだった！
レイン・ガードナー
Rain Gardiner

異国の距離感で
接してくる彼女《レイン》に
戸惑ってしまう剛《つよし》

突然のライバル登場に
新たな波乱が幕を開ける

Contents

攻略できない峰内さん2

之雪

GA文庫

カバー・口絵　本文イラスト
そふら

プロローグ

郊外に立つ、某高校。専門棟一階、東側一番奥にある第三資料室。

ボードゲーム研究部、通称ボドゲ部の部室にて。

「うーっす！　早いな、高岩《たかいわ》」

「どうもです、先輩」

部長であり部の創設者でもある一年の高岩剛《つよし》が長机に着いて待機していたところ、二年生の峰内風《みねうちふう》がやって来た。

風はまだ、正式な部員ではない。部員になってもらうためには、剛がゲーム勝負で勝利しなければならないのだが、いまだ勝てないでいた。

剛がスマホの画面を見ていたのに気付き、風は尋ねた。

「なに見てるんだよ？　あっ、さてはエッチな動画か？　このムッツリめ！」

「違いますよ。そんなんじゃなくてですね……」

Koryaku Dekinai Mineuchi san

「?」

違うと言いながら、剛はなにか困ったような顔をしていた。

もしかして、冗談抜きでエッチな動画を見ていたのだろうか？　だとしたら見て見ぬふりをするべきだったかな、などと風が考えていると。

「実は、面白《おもしろ》い動画を見付けまして。それを観ていたんです」

「面白い動画？　それって、未成年が観ても大丈夫なヤツか？　15禁とか？」

「だからエッチなヤツじゃありませんって。見て確認してください」

剛がスマホの画面を見るよう促してきたので、風は彼の隣に並び、画面をのぞき込んでみた。

それは、とあるゲームの対戦を記録した映像だった。

「あっ、これって……カードゲームの大会の動画か？」

「ええ。それも、五年ほど前の記録映像です」

「五年ぐらい前？　それって、まさか……」

ある事が思い当たり、風は冷や汗をかいた。

画面では、対戦中のプレイヤーの一人が、アップになっていた。

フードを被った、小柄な人物。妙なポーズを取って、なにかブツブツと呟いている。

『……我こそは、闇《やみ》の精霊に選ばれし戦士……ワンターンキルウインド。ワンターンキルの風が吹くぜ……！』

「うわあ！　お、お前、なんてものを見てやがるんだ⁉」

動画の人物が何者なのかを確認し、風は激しく動揺した。

剛は苦笑し、すまし顔でサラリと答えた。

「ネットにあるカードゲーム大会の動画を適当に観ていたら、昔の対戦記録の映像が結構残っていまして。もしかしたらと思って調べてみたら、『ワンターンキルウインド』の対戦動画もいくつかあったんです」

「マ、マジか。こんなのみんな消されてるもんだとばかり……」

HN『ワンターンキルウインド』。それは、風が小学生の頃、使っていたHNだった。

つまり、この動画は小学生時代の風の記録映像なのだった。そんなものを剛に見られていたと知り、風は死にたくなった。

「お前、この前、昔の私の決め台詞を再現してみせたよな？　あれは過去の動画を見て覚えたわけか」

「あっ、はい。先輩がどんなプレイをしていたのか気になって……クール系キャラを演じてたんですか？」

「いやまあ、演じてたというかなんというか……あの頃の私ってば、本当に闇の精霊に選ばれたと思い込んでて……」

「ふふ、かわいいですよね。今の先輩よりも幼いのに、一生懸命低い声を出したりして……これは保存しておかないと」

楽しそうに笑う剛に、凧は耳まで真《ま》っ赤《か》になった。

「こ、こんなもの、見るんじゃない！　消せ、今すぐ！」

「中二病キャラみたいなポーズを取ったりして格好いいですよね。鏡を見て練習したんですか？」

「そりゃもちろん、姿見で確認しながら練習したに決まってるだろ。台詞も自分で考えて……って、うるさいわ！　人の黒歴史を掘り返すなよな！」

凧は慌てふためき、剛からスマホを取り上げようとした。

剛はスマホを頭上に掲げ、凧の手から守った。

「くっ、この！　大人しくしろ！」

「せ、先輩、落ち着いて。もう観ませんから……」

長身の剛と背の低い凧とでは、かなりの身長差がある。椅子《いす》に座った状態でも剛が頭上に手を伸ばせば、凧は届かない。

あせった凧は剛の膝《ひざ》の上に飛び乗り、彼の肩につかまりながらスマホに手を伸ばした。

凧が膝の上にまたがってきて、剛はドキッとした。凧の細い身体が密着し、甘ったるい匂《にお》いが鼻腔を満たしていく。

「こら、スマホを渡せ！　先輩の言う事を聞きなさい！」

「わ、分かりましたから、少し離れてください！　近すぎますって！」

「⁉」

そこで風はハッとして、動きを止めた。

スマホを奪うのに夢中になってしまい、剛にしがみつくような格好になっていた事に気付き、頬《ほお》を染める。

「わ、悪い、つい。膝に乗って暴《あば》れたりして、重かった？」

「い、いえ、重くはないですけど……むしろ気持ちよすぎてどうにかなりそうだったというか……」

「ど、どうにかって、どうなるんだ？」

「さ、さあ……どうなるんでしょうね……」

剛の膝の上に風がまたがったまま、二人は至近距離で見つめ合った。

人気のない部室に、二人きり。なんだか妙な感じになってしまう。

どちらも何も言えなくなっていると、そこでいきなり入り口のスライドドアがガラッと開いた。

「こんにちはー、風、いる？　部活が休みになったから遊びに来た……」

「「⁉」」

現れたのは、風の友人、春日由衣《かすがゆい》だった。

笑顔で部室に飛び込んできた由衣だったが、剛と風の姿を見るなり、ビキッと固まってしまった。

「あ、あわわわわ……も、もしかしてお邪魔だった……？」

「い、いや、違うぞ！　誤解するなよ、由衣！」

「そ、そうですよ、春日先輩！　これはその、決してそういうのではなくて……」

「事情はサッパリ分からないけど……とりあえず写真を撮っておくね」

「や、やめろ、撮るな撮るな！　頼むからやめてえええ！」

「……後で写真のデータを送ってもらえますか？」

「お前もなに言ってんの⁉　止めなくちゃダメだろ！」

スマホを取り出して撮影を始める由衣、それをやめさせようと慌てる風、おかしな事を言い出す剛。

トラブルは尽きないが、割と平和だった。

少なくとも、この時までは。


平和な日常をぶち壊すなにかが、剛達に迫ろうとしていた。

1 エターナルエンペラー

Koryaku Dekinai Mineuchi san

高岩剛《たかいわつよし》は高校一年生。長身で頑丈、力が強いぐらいしか取り柄がない、真面目《まじめ》な少年である。

彼の唯一の趣味は、ゲームだった。それもデジタルではなくアナログゲーム。ボードゲームやカードゲームなどだ。

剛はボードゲーム研究部の部長であり、絶賛部員募集中だ。

先日、廃部の危機をどうにか回避したものの、なかなか正規の部員は集まってこなかった。


朝の登校時間、バスを降りた剛が学校に向かって歩いていると。

後ろから駆け寄ってきた小柄な少女が、声を掛けてきた。

「オッス、高岩！　おはよう！」

「どうも、先輩。おはようございます」

長い髪をなびかせて颯爽と現れたのは、二年の峰内風《みねうちふう》。

剛の先輩であり、ゲーム仲間であり、部員候補でもある。

ちなみに風は電車通学なので、バス通学の剛とは微妙に登校時間が異なるのだが、最近はお互いに時間を合わせて登校途中で合流するようにしていた。

「私のように大人っぽい先輩と一緒に登校できてうれしいか、高岩？　この年上好きめ！」

「はあ。先輩と一緒に登校するのはもちろんうれしいですが……大人っぽいというのはどうでしょう？　無理があるような……」

「なにがだよ！　私は年上なんだし、年下の高岩から見れば大人っぽいだろうが！　事実を正確に認めろよな！」

風は小柄で童顔なため、とてもではないが高二には見えない。

その事を本人は気にしているようで、なにかにつけて年上アピールをしてくるのだ。

剛としても、風が年上である事は理解しているつもりなのだが……大人っぽいとか言われると、首をかしげてしまう。

「無理に大人ぶらなくてもいいと思いますが。先輩が年上なのは分かっていますし」

「本当か？　お前、たまに私の事を幼子を見るような目で見てるだろ？　『この女、本当は小学生なんじゃないのか？』って怪しんでないか？」

「そんな事は……ないですよ」

「今一瞬言葉に詰まっただろ！　失礼なヤツだな！」

風からジロッとにらまれ、剛は乾いた笑みを浮かべて誤魔化《ごまか》した。

年上には見えないが、別に馬鹿《ばか》にしてはいない。先輩として接しているし、尊敬もしているつもりだ。

「しかしあれですね。部員がほしいですよね」

「無理矢理話題を変えやがったな？　まあ確かに、そいつは切実な問題なんだろうけど」

風が呟き、剛はうなずいた。

色々あって、二人ほど新入部員を確保する事に成功したものの、十分とは言えない状況だった。一人は生徒会副会長、もう一人はクラス委員という事もあって、二人ともほとんど部活には参加していないのだ。

剛個人としては、風と勝負ができればそれで満足ではあるのだが、確実に部を存続させるにはもう少し部員がほしいところだ。

「ある日突然、『部員は五人以上いないと廃部にする』なんて規則ができるかもしれないですからね」

「あの生徒会長ならやりかねないもんな。いつもニコニコしてるくせに恐ろしい女だよな」

生徒会長、宮本美礼《みやもとみれい》の顔を思い浮かべ、剛と風はため息をついた。

過去に因縁があったとかで、美礼は風の事を目の敵にしているのだ。

さらに先日、廃部を賭《か》けた勝負で剛が勝利したために、剛の事も狙《ねら》っているらしい。

「生徒会長の動きに注意しつつ、一人でも多く部員を確保するようにしましょう」

「だな。誰《だれ》か入部してくれないかな」

「部活に勧誘する時期はすぎてしまいましたしね。今から新入部員を得るとしたら……転入生を狙うとか？」

「転入生ね。そんなのが都合よく現れるかな？」


その日の朝、剛が所属する１－３のＳＨＲ《ショートホームルーム》にて。

教卓の横に立った生徒が、自己紹介をした。

「イギリスから来ました、レイン・ガードナーです。日本の皆さん、よろしくお願いします」

それはやや小柄で、銀色の髪をした人物だった。

イギリスからの交換留学生らしい。日本に来るにあたって、日本語をマスターしているという。

顔立ちは非常に整っていて、なにやら現実離れをした美しさを備えていた。ブレザーの上着にネクタイ、スラックスという男子用制服によく似た服装をしている。

映画かコミックから三次元に具現化してきたような、西洋人のイケメンが留学生としてやって来て、クラスの女子達はざわめいていた。

外国人と接した経験などないので、剛も少し興味を引かれた。

しかも待望の転入生だ。留学生というのがアレだが、部活に入れないわけではないはず。

誘ってみても損はないだろう。

留学生のレインは、クラスの女子に囲まれて質問責めにされていた。

あの様子では、しばらく話し掛けられそうにない。クラスの皆が落ち着くのを待つしかないか。

「くっ、イケメンめ……今に見てやがれよ……！」

「？」

呟いたのは、剛の友人、鈴木だった。

鈴木はなぜか剛の席の傍《かたわ》らに立ち、女子に囲まれているレインの様子を忌々《いまいま》しげに見ていた。

「イケメンってのは害悪だよな。外人なら大人しく『日本語ワカリマセーン』とか言ってりゃいいのによ。ふざけやがって」

「別にふざけてはいないと思うが。日本語をマスターしてるなんて偉いじゃないか」

「けっ、この真面目が。いいのかよ、そんな事言ってて」

「なにがだ？」

首をかしげた剛に、鈴木は意味ありげな笑みを浮かべて呟いた。

「イケメンだぞイケメン。お前の大事なロリパイセンが目を付けられたりしたらどうするんだ？」

「どう、と言われても」

「パイセンだってイケメンには弱いかもしれないぜ？　口説かれたら簡単に落とされちまうかも」

「……」

少し考えてから、剛は答えた。

「先輩は大丈夫だと思う。ああ見えて意外としっかりしてるし」

「ならいいけどよ。ああならないように気を付けろよ」

鈴木が指で差した方を見てみると、レインの所に大橋透がいて、機嫌よさそうに笑顔で話していた。

大橋は剛や鈴木と同じ中学の出身で、剛達とは旧知の仲だ。背が高く快活な少女で、女子にモテるので鈴木は彼女の事をイケメン扱いしている。

「大橋のヤツ、自分もイケメンのくせにイケメンに引っ掛かりやがって……アホなヤツだぜ」

「そうか？　大橋さんは誰とでも気さくに話すから、留学生を歓迎しているだけだと思うが」

「たとえそうでも気に入らねえな」

剛にはよく分からなかったが、ともかく鈴木は留学生の事を快く思っていないらしい。喧嘩《けんか》を売ったりしなければいいのだが。


「しかし、イケメンか。先輩もそういう男が好みなのかな」

放課後になり、剛は専門棟にある部室へ向かった。

途中で小さな先輩、峰内風が合流し、剛の隣に並んだ。

「今日も部活に参加するのは私とお前だけか。部長としては寂《さび》しいか、高岩？」

「そうですね。もう少し部員がほしいとは思いますが……先輩がいてくれたら寂しくはないです」

「そ、そうか。私さえいれば他の人間はいなくてもいいわけか……ぬふふ」

口元を押さえ、変な笑いをしてみせる風を見つめ、剛は首をかしげた。

「その通りですけど、なにかおかしかったですか？」

「ま、またお前はそういう……誤解されるような発言はやめろって言ってるだろ！　私の事が大好きだと思われても知らないぞ！」

「先輩の事は、普通に大好きですけど」

「えっ、そ、そうなの？　い、いや、だからそういう言い方はよせってば！　色々誤解されるだろうが！」

「はあ」

怪訝《けげん》そうにして、特に何も言わない剛を見やり、風は頰《ほお》を染め、慌てて顔をそむけた。

（こ、この馬鹿が、否定しろやー！　「そういう意味での好きじゃない」とか言えっての！

勘違いしちゃうだろうが、私が！）

基本的に剛は風に対して好意的で、その事を隠そうともしない。

剛の事だし、友達としてとか、先輩としてとか、ゲーム仲間としてとかで好きだという事なのだろうが。

異性からあからさまな好意を向けられた経験などほとんどない風としては、剛の態度や発言には困っていたりした。

(もしかして、コイツ、マジで私の事を好きなんじゃゃ……い、いやいや、違ってたら恥ずかしいよな。でも、あながち間違ってはいないような……どうなんだろ)

実年齢よりもはるかに幼く見られてしまいがちな風ではあるが、中身は普通に高二の女子である。

人並みに異性に対する興味はあるし、恋愛ごとにも興味津々だった。

恋愛小説や、ラブコメ少女漫画みたいな恋には憧《あこが》れていて、自分もそういう体験をしてみたいと思っていた。

「ところで先輩。実は今日、うちのクラスに海外から留学生が来たんですが」

「留学生？　へー、珍しいな」

「それがすごいイケメンで、女子に大人気なんです。鈴木は面白《おもしろ》くなさそうでした」

「へー、イケメンか。ちょっと見てみたいかも」

風が軽い口調で呟き、剛はムッとした。

「先輩もイケメンには弱いんですか？」

「い、いや、別に弱くなんかないぞ？　ちょっぴり興味を引かれただけだって」

「……」

あせった様子の風を見つめ、剛は眉根《まゆね》を寄せた。

鈴木が言っていた通り、風もイケメンには弱いのだろうか。だからどうしたというわけではないのだが……なんとなく面白くない気がする。


そこで廊下の先に、たった今、話題に上げた人物がいるのに気付き、剛は風に告げた。

「ほら、あそこにいるのが、噂《うわさ》のイケメン留学生ですよ」

「えっ、どこどこ？　おっ、あれか。なるほど、確かにイケメンで……んんっ？」

レインの姿を見るなり、風は怪訝そうにしていた。

剛が首をひねっていると、そこへレインが近付いてきた。

「やっと、見付けたよ。久しぶりだね」

「お、おま、お前は……！」

レインに声を掛けられ、なぜか風は動揺している様子だった。

久しぶり、などと言っているという事は、二人は知り合いだったのだろうか。

剛が疑問に思っていると、レインがニヤリと笑い、風に人差し指を突き付けて叫んだ。

「久しぶりだね、ワンターンキルウインド！　会えてうれしいよ！」

「ばっ、バカ！　その名を口にするな！」

風はオロオロとうろたえ、周りの目を気にしていた。

だが、レインは人目がある事など気にする様子もなく、大声で叫んだ。

「おや、なぜだい、ワンターンキルウインド！　君はワンターンキルウインドだろう？　昔はあんなに得意そうに名乗っていたじゃないか！」

「やめろってば！　そんなの大昔の話だろうが！　古傷を抉るような真似すんな！」

「？」

風が抗議しても、レインは不思議そうに首をかしげるだけだった。

そこで剛は、颪に尋ねてみた。

「あのう、先輩。留学生と知り合いだったんですか？」

「お、おう、まあな。小学生の頃、カードゲームの大会で知り合って……あいつはイギリスのプレイヤーだったっけ。名前は確か……」

「『エターナルエンペラー』と名乗っていたよ。我ながら格好いいと思っている！」

胸を張るレインに、颪は引きつっていた。

「エターナルエンペラー……なんだかすごいＨＮ《ハンドルネーム》ですね」

「いかにも小学生が考えそうなネーミングだろ。なんだ永久の皇帝って。ずっと帝位に居座るつもりなのかよ？　そもそもどこの国の皇帝なんだよ」

「ふっ、相変わらず口が悪いな、ワンターンキルウインド！　大会では三位に終わっていたが、悪口の大会なら世界一になれたかもね」

「やかましいわ！　いいからその名で呼ぶな！」

ふと疑問に思い、剛は尋ねてみた。

「もしかして、あの留学生は強いんですか？」

「ま、まあ……弱くはないかな……」

風が言いにくそうにしていると、レインが口を挟んできた。

「ふっ、自慢ではないけれど、強いよ！　なにしろボクは、当時の大会で世界ランク二位のプレイヤーだからね！」

「せ、世界ランク二位？　という事はまさか、元世界ランク三位の先輩よりも強い……？」

まさかの新たな世界ランカーの登場に、剛は驚いてしまった。

風ですら異次元の強さだというのに、レインはさらに上の強さを備えているというのか。

すると風が、ムッとして呟いた。

「確かにコイツは世界ランク二位だったが……私はコイツには負けてないからな！　別の奴に負けたんだ」

「あっ、そうなんですか」

「君が準決勝で負けちゃうから悪いんだぞ。ボクと決勝で戦ってほしかったのに……」

レインは残念そうに呟き、改めて風に告げた。

「だからこうして、わざわざ日本まで来てあげたんだ！　さあ、勝負しよう、ワンターンキルウインド！　どちらが上なのか、決着をつけよう！」

「……」

勝負を挑んできたレインに対し、風はため息をつき、面倒そうに答えた。

「悪いけど、私はもう引退したんだ。今さらお前と勝負するつもりなんてないから」

「ええっ⁉」

レインは目を見開き、雷にでも打たれたかのごとく、ガクガクと震え、よろめいていた。

「そ、そんな馬鹿な……ボクとの勝負を断るだって？　あのワンターンキルウインドが……」

「その名で呼ぶなってば。あの頃とは違うんだよ」

「途轍もなく好戦的で、あらゆるプレイヤーに地獄を見せてきた悪魔の申し子が、勝負を断る？　一体全体どうしちゃったんだい？　あの頃の冷酷非情な君はどこへ行ったんだ？」

「う、うるさいな！　昔の話を掘り返すなよ！　べ、別に冷酷でも非情でもなかったし！」

「ワンターンキルで潰《つぶ》され、まともなプレイもできずに負けてしまった対戦相手の悔しそうな顔を見るのが至上の悦びって言ってなかったっけ？　陰では密かに『悪魔の幼女』とか呼ばれてたのに」

「言ってねーし、その呼び名は初耳なんだが⁉　ひどいな！」

過去の黒歴史を暴《あば》かれ、風は精神的にかなりのダメージを受けている様子だった。

涙目になり、プルプルと震えている。

「本当に、ボクと勝負する気はないのかい？」

「引退したって言っただろ！　やらないよ！」

「そうか……」

レインは残念そうにしていたが、やがて気を取り直したのか、笑顔で告げた。

「そういう事なら仕方ない。無理強いはしないよ。でも……君はきっと、ボクと勝負したくなる。その時が来るのを待つとするよ」

「ないない、ないって。あきらめろ」

「ふっ、どうかな」

ニヤリと笑い、レインは去っていった。

風は額の汗を拭い、大きく息を吐いた。

「まさか、今頃《いまごろ》になって、あいつが現れるなんてな……なにが起こるのか分かんないな」

「いっそ、勝負してあげたらどうですか？　せっかく昔のライバルと再会したんだし」

「う、うーん、でもなあ……勝負するとしたら負けたくないし……あいつは簡単に勝てるような相手じゃないんだよな」

「……」

つまり、風が負けてしまう可能性もあるという事なのか。

そんな事は想像も付かないというか、剛としては考えたくもなかった。

風には、強者でいてほしい。そして、風に勝利するのは他の誰でもない、自分でありたかった。

「先輩は、俺《おれ》の……」

「ん？　なんか言ったか？」

「いえ。ただその……誰にも渡したくはないですね」

「なっ……お、お前はまた、そういう意味深な事を言う！　勘違いしちゃうからやめろって言ってるだろ！」

「？」

勘違いとはどういう意味だろう？　首をひねる剛だった。

2 イケメンの正体

おかしな留学生、レインはクラスの女子の人気を集めていた。

女子のリーダー格である堀川恵美《ほりかわえみ》、その友人でクラス委員の朝霧夕陽《あさぎりゆうひ》、女子人気が高い大橋透といった、女子の中心的な存在である三人も、レインとよく話をしている様子だった。

「けっ、英国育ちのイケメンが紳士ぶりやがってよう。日本人の女はチョロいなー、とか考えてるに違いねえぜ！　ふざけやがって！」

リア充《じゅう》を憎み、女にモテる男を憎み、イケメンを憎んでいる鈴木は、レインの事を敵視しまくっていた。

剛《つよし》の席に来て不満をぶちまけながら、女子に囲まれているレインを殺意を込めた眼差《まなざ》しでにらんでいる。

「このままだとうちのクラスの女子はみんな、あのイケメンに食われちまうぜ。どうにかして阻止しねえとな」

「考えすぎだと思うが。普通に話をしているだけじゃないのか？」

「甘いな、高岩《たかいわ》。ヤツの様子をよーく見てみろよ」

「？」

鈴木に言われ、改めてレインの様子を見てみる。

レインの前に大橋透がいて、大橋がレインの肩をポンポンと叩《たた》き、対するレインは……大橋の豊かすぎる胸のふくらみを、軽く叩いたように見えた。

「なっ……い、今、大橋さんの胸を触ったのか……？」

「信じられねえだろ？　あんな調子で女子に触られたら触り返してやがるんだよ。なぜか女子連中は全然騒がねえし、意味分かんねえ。俺《おれ》なんか、肩がぶつかっただけで痴漢扱いされたりするのによ」

「……」

イケメンだから許されるのだろうか。剛には理解できない世界だ。

同じようなやり取りをレインと風《ふう》が行った場合を想像してしまい、剛は眉根《まゆね》を寄せた。

ありえないとは思うが、そんな行為は断じて認められない。もしもそのような事態になりそうになったら全力で阻止しなければ。

風とのやり取りを見てから、剛はレインを勧誘する気持ちが失せてしまっていた。

部員は欲しいが、風を狙《ねら》っている人間など論外だ。あんなのを入部させたら風に怒られてしまう。

ただ、興味はあった。カードゲームの世界大会で二位になったというレインの腕前はどの程度のものなのか。

「やあ。君はワンターンキルウインドと親しいのかな？」

「……」

次の休み時間、レインの方から声を掛けてきて、剛はどう対処するべきか迷った。

「名前は？　よければ教えてくれないか」

「……高岩剛」

「タカイワツヨシ、か。君はもしかして、ワンターンキルウインドの彼氏なのか？」

「!?」

いきなり切り込んできたレインにドキッとしてしまいつつ、剛は冷静に答えた。

「そんなんじゃない。先輩とは部活仲間というだけだ」

「ふーん、そうなのか。なんだか親しそうに見えたから彼氏かと思ったんだけど、違うのならいいんだ」

「……」

「ところで、男子連中から妙な視線を感じるんだけど。ボクってもしかして男子に嫌われてるのかな？」

「い、いや、それは……」

　正直に答えていいものかどうか、剛は悩んだ。

『イケメンで女子と親しげに話しているからにらまれている』とは言いにくい。なんだかひがんでいるみたいでみっともない気がする。

「嫌われてるというわけじゃないんじゃないかな。女子とばかり話しているから話しにくいだけで……」

「あー、なるほど、そうなのか。それなら男子とも話してみるかな」

　レインは笑みを浮かべ、剛の顔を上目遣《うわめづか》いにのぞき込んできた。

「君は親切だね、タカイワツヨシ。ボクは君の仲間のワンターンキルウインドの敵かもしれないのに」

「敵といってもゲームでの話だろ？　先輩に危害を加えるようなら容赦しないが、そうじゃないのなら、揉《も》めるつもりはないよ」

　剛が正直な気持ちを告げると、レインはニコッと笑っていた。

「ふふ、そう言ってくれると助かるよ。君とは仲良くしたいな」

「俺でよければ、喜んで」

　笑顔のレインに、剛も笑みを浮かべてうなずいてみせた。

風とのやり取りを見た時には、かなりの危険人物ではないかと思ったのだが……そうではなかったのか。

「ボクの事はレインと呼んでくれ。君の事はツヨシと呼んでも構わないかな？」

「ああ。それでいいよ」

身内以外の人間から下の名前で呼ばれる事など滅多にないのだが、別に構わないかと思い、剛はうなずいた。

揉めるよりも仲良くした方がいいに決まっている。風と揉めそうになった時は仲裁に入ってもいい。

留学生のレインと友好な関係が築けそうな気がして、剛はホッとしたのだった。


その日、体育の授業は水泳だった。

水着に着替えてプールに出ると、鈴木がポツリと呟いた。

「ついに来たな、この時がよ……準備はいいか、高岩？」

「準備？　タオルとかか？」

「お前はなにを言ってやがるんだ？　ボケてんじゃねえぞ！」

「？」

首をひねる剛に、鈴木は真剣極まりない顔で告げた。

「この授業、女子と合同なんだぜ。信じられるか？」

「ああ、そうなのか。それで鈴木は浮かれているわけか」

「女子の、高校生の水着姿が合法的に拝めるんだぞ！　こんなの俺ら男子高校生にのみ許された特権だろうが！　浮かれないでどうするってんだよ！」

「わ、分かったから静かにしろ。俺まで鈴木と同じ種類の人間だと思われてしまう」

鈴木は「真面目《まじめ》ぶりやがってムッツリがよ」などと呟き、プールを挟んだ向こうにいる女子達に鋭い目を向けた。

「ククク、じっくり見させてもらうぜ、高一女子の水着姿をよ！　脳の記憶領域にＤ Ｒ《ダイレクトレコーディング》モードで録画しなきゃな……」

するとそこで、鈴木に声を掛けてくる者がいた。

「なにやらしい目で見てるのよ。警察に通報されても知らないからね」

「ああ？　俺はプールの水面を見てただけ……」

言い訳をしながら声の主に目を向け、鈴木は固まってしまった。

そこにいたのは、女子で最も背の高い少女、大橋透だった。

当然、大橋も学校指定の女子用水着を着ていた。大橋はかなり発育がいいため、出るところが出まくっていた。

「お、おま、お前なあ！　男子サイドに来るなよ！　似合わない水着なんか着やがって！」

「うるさいなあ。あんたが犯罪者の目で女子を見てるから注意しに……鈴木？　どこ見てんのよ？」

鈴木は大橋から目をそむけ、何もない空間を見ていた。

どうやら彼女の姿を直視できないでいるらしい。

剛は苦笑し、鈴木に声を掛けた。

「どうしたんだ、鈴木。女子の水着姿を見まくるんじゃなかったのか？　ほら、せっかく大橋さんが近くに来てくれたんだぞ。見せてもらったらどうだ？」

「う、うるせえ！　こ、こんなイケメン男女の水着姿なんか見たら視力が低下するだろうが！」

「失礼ね！　視力が下がるかどうか試してみなさいよ！　こっち向け、こら！」

大橋に両手で顔を押さえられ、無理矢理彼女の方に顔を向けさせられ、鈴木は真っ赤《まっか》になっていた。

剛は笑みを浮かべ、うんうんとうなずいた。

「よかったな、鈴木。大橋さんに見せてもらえて」

「い、いいわけあるか！　こら大橋、お前も一応女なら恥じらいを持て！　水着姿で男に近付くんじゃねえ！」

「ふん、なによ。ドスケベのくせに！　あんまり変な真似《まね》してたら私がお仕置きしてやるからね」

鈴木を注意してから、大橋は去っていった。

「ひどい目にあったぜ……なに考えてやがるんだ、あいつ……」

「大橋さんはお前が犯罪者にならないように注意してくれただけだろう。感謝するべきじゃないか」

「余計なお世話だぜ。大橋に気付かれないようにして女子連中を観察しないとな」

強がりを言う鈴木に剛が苦笑していると、そこへ新たな人物が近付いてきた。

「やあ、ツヨシ。男女合同で水泳なんて、日本の授業は面白《おもしろ》いね」

それは銀髪の留学生、レインだった。

剛はレインに目を向け、その姿を見て、首をひねった。

男子の水着はトランクスタイプが基本なのだが、レインの水着は違っていた。

布面積がかなり大きく、胸元《むなもと》まで覆《おお》っている。

しかも、胸元が丸く膨らんでいる。お椀かソフトボールでも入れているように。

「レ、レイン？　その水着は、ひょっとして……女子用、なのか？」

「うん、そうだけど。なにか変かな？　ちゃんと学校指定の物を着てきたつもりだけど」

自分の水着を見回し、首をかしげるレイン。

細身で華奢《きゃしゃ》だが、出るところはしっかり出ていて、腰の位置は高く、均整の取れたプロポーションをしている。

剛は右手で額を押さえ、頭痛に耐えるようなポーズを取って、呟いた。

「確認しておきたいんだが。レインは、その……女子なのか？」

「もちろん、そうだけど。はは、やだなあ、今さらなにを言ってるんだい？　ボクが男に見えるとでも？」

「は、ははは……そ、そうだよな……」

今の今まで、レインの事を男だと思い込んでいた剛は、かなりの衝撃を受けた。

見ると、男子連中のほとんどが剛と同じ勘違いをしていたらしく、水着姿のレインを見て目を丸くしていた。

鈴木も勘違いをしていたようで、信じられないという顔でレインを見ていた。

「お、お前、女子だったのかよ！　紛らわしい！　だったらそう言えよ！」

「言うまでもないと思ったんだけど。女子のみんなは普通に同性として接してくれたし……ボクのどこが男に見えるんだい？」

鈴木は引きつっていたが、やがて納得したようにうなずいた。

「それで女子とベタベタしてたのか。ようやく謎《なぞ》が解けたぜ」

「分かってもらえてなによりだよ。服装がジェンダーレスだったのがまずかったのかな？」

こちらへ留学する際、男女どちらの制服でも自由に選んでいいと言われ、男子用を選んだという。

レインとしては性別を偽っていたつもりはないらしい。剛達は完全に勘違いしていたが。

「イケメン野郎が女だったとはな。まんまと騙《だま》されちまったぜ……」

「ボクは逆にショックだよ！　男だと思われていたなんて……ツヨシもそうなのかい？」

「あ、ああ。申し訳ない」

　剛が認めると、レインは頬《ほお》をふくらませていた。

「ひどいよ！　ボク自身は可憐《かれん》な少女のつもりなのに！」

「そうなのか？　悪かった」

「確かに、水着姿は女そのものだよな……おい、もっとよく見せてくれ！　本当に女なのか、俺が確認してやるぜ！」

　鈴木が鼻息を荒くして、レインに迫る。

　すると大橋がすっ飛んできて、レインを庇《かば》うようにして鈴木と対峙《たいじ》した。

「このドスケベが！　あんたは日本の恥よ！　死ねばいいのに！」

「う、うるせえ！　お前は水着姿でウロウロするな！　目の毒だろうが！」

「ははは、本当に日本の授業は面白いね！」

「そ、そうだな……」

　その日の、放課後。

教室を出た剛が風と合流して部室へ向かおうとしていると、そこへレインがやって来た。

「やあ、ワンターンキルウインド！　今日も部活なのかい？」

「その呼び方はやめろってば！　わざと言ってないか？」

周りの目を気にしながら抗議する風に、レインは苦笑していた。

風は、レインの性別を知っていたのだろうか。それなら教えておいてほしかったと思う剛だった。

「どんな部活なのか、興味を引かれるな。今度、見学に行ってもいいかな、ツヨシ？」

「あ、ああ、もちろん。構わないよ」

剛とレインのやり取りを見て、風は「んん？」となった。

「お前ら、なんか仲良くなってないか？　高岩の事をツヨシって……」

「ツヨシはいいヤツだからね。友達になったんだ」

「へ、へー、友達に、ね……」

風は一応納得したみたいだったが、なにやら不愉快そうにしていた。

自分のライバルと後輩が仲良くなったのが気に入らないのだろうか。

「でも、ひどいんだよ！　クラスの男子はみんな、ボクの事を男だと思っていたみたいなんだ！」

「あー、なるほど。それはあるかもしれないな」

「なんでだよ？　どう見ても女の子なのに……ちゃんと胸だってあるのにさ」

胸を張るレインに、風は苦笑した。

すると何を思ったのか、レインは風の胸をペタペタと触ってきた。

「きゃっ……な、なにするんだ⁉」

「ちょっと確認を……うん、やっぱりボクの方が大きいな！　君は昔と変わらないね！」

「なっ、なん……だと……？」

笑顔で告げたレインに、風は顔色を変えた。

顔に暗い影を落とし、すごい目付きになった風を見て、剛は息を呑《の》んだ。

「私が、小学生の頃と変わらないだと……お前より育ってないって……？　ほぉぉぉ……」

「せ、先輩、落ち着いてください！　人殺しの顔になってますよ！」

剛は風を懸命になだめ、彼女の怒りを鎮めようとした。

レインは怪訝《けげん》そうに首をかしげ、風に尋ねた。

「おや、どうしたんだい、ワンターンキルウインド？　ちょっとだけ昔に戻ったような感じになってるみたいだが」

「うるさい！　お前こそ昔から無神経すぎる！　年下のくせにズケズケと……」

「ボクは普通にライバルとして接しているつもりなんだけどな。君よりも成長しちゃったから怒っているのかい？」

「やかましいわ！　言うほど差はないだろ！　なあ、高岩？」

「えっ」

　いきなり話を振られ、剛は冷や汗をかいた。

見たところ、二人とも小柄で、それほど体型に差はなさそうだが……水泳の時の水着姿から判断すると、レインは意外と育っていると思う。

だが、そんな事を言えば、風の機嫌を損ねるだろう。というか殺されるかもしれない。

「どうしたんだ？　正直に答えろよ」

「うっ……」

「ボクも君の意見が聞きたいな。嘘《うそ》偽りのない答えを頼むよ、ツヨシ」

「ううっ……」

　真顔の風とレインに迫られ、剛は困惑した。

　ここで「レインの方が育っている」と言えば、風がブチ切れるかもしれない。いや、間違いなくブチ切れる。

　しかし、「先輩の方が育っています」と言えば、風に気を遣って嘘を述べた事になり、レインから非難されるかもしれない。

　どう答えるのが正解なのか。デスゲームで選択を迫られた気分になり、剛は悩んだ。

「お、俺にはその、判断が難しいというか……パッと見だと分からないですね……」

「だろ？　ほら見ろ！　お前が言うほど差なんてないんだよ！」

するとレインは眉根を寄せ、スススッと剛に近付いた。

剛の左腕を取り、自分の腕を絡《から》ませて、ペタッと密着してくる。

「レ、レイン？　なにを……」

「違いを確認してもらおうと思って。触らせるわけにはいかないけど、こうすれば分かるだろ？」

真横に並び、腕を組んだ状態で、レインが密着してくる。

柔らかいふくらみが、ムニュッと押し付けられ、剛は硬直してしまった。

あまりなさそうに見えて、意外とある。女子から胸を押し付けられた経験などない剛は、その魅惑的な感触に、すっかり翻弄《ほんろう》されてしまった。

「こ、こら、そういう事するなよ！　高岩から離れろ！」

「⁉」

剛の左腕に密着したレインに対抗するようにして、風は剛の右腕に縋《すが》り付き、腕を絡ませてきた。

ペタッとくっつき、グイグイと密着してくる。大胆な行動に出た風に、剛は赤面した。

特定の何《なに》かが押し当てられている感触はなかったが、全体的に柔らかく、温かい。

ホットミルクのような香りが漂ってきて、剛は困ってしまった。

「どうだ、高岩！　これが年上の色気ってヤツだ！　一年の女子ごときとは雲泥《うんでい》の差だろう？」

「そ、そうですね……色気とかは分かりませんが……刺激が強すぎるかもしれません……」

剛の反応を見て、レインはムッとした。

「どうやら、ツヨシはワンターンキルウインドに洗脳されているみたいだね。こんなロリに逆らえないなんてかわいそうに……」

「なんだ、負け惜しみか？　お前ごときがＪＫ二年の大人っぽい色気を備えた私に敵《かな》うわけないだろうが！　出直してこい、お子様め！」

「くっ……誰《だれ》に言われてもむかつくけど、君にだけは言われたくなかったよ！　自分自身を客観視できないなんて憐《あわ》れだよね！」

勝ち誇る風に、悔しげにうなるレイン。やはり二人は相反する存在だという事なのか。

「今日は引いておくけど、負けないからね。今に見ていなよ、ロリチャイルドウインド……！」

「おい！　人のＨＮを捏造《ねつぞう》するな！」

去っていくレインを見送り、風は舌打ちした。

「いちいち絡んできやがって、面倒なヤツだよな。私より育っているだと？　生意気な……」

「……」

「どうした、高岩。なんで黙って……あっ」

剛と腕を組んだままだったのに気付き、風は慌てて絡ませていた左腕を解《ほど》いた。

「わ、悪い、あいつがおかしな真似をするから、つい……ごめんな？」

「い、いえ。俺としてはラッキーでした」

「ふっ、正直なヤツめ。それでどうだった？　やっぱり私の方が育ってただろ？」

「えっ？　え、えーと……たぶん、そうじゃないかと……」

「なんだよ、マジで分かんなかったのか？　こうなったらお前の前であいつと並んで脱いでみせるしかないか」

「だ、駄目ですよそんなの！　やめてください！」

「冗談に決まってるだろ？　本気であせるなよ〜」

「……」

のんきに笑う風に、剛は額の汗を拭った。

もしも風が、レインの方が育っている事を知ったらどうなるのか。

――血の雨が降るかもしれない。それだけは防がなければ……。

3 妄想

Koryaku Dekinai Mineuchi san

「うーん、上手《うま》くいかないな」

「？」


教室にて、休み時間。

顎に手をやり、悩んでいる様子のレインを見掛け、剛《つよし》は首をひねった。

「どうしたんだ、レイン」

「あっ、ツヨシ。実はさ、男子とも仲良くしようと思って、話し掛けてみたんだけど。みんな、なんだかよそよそしくてね」

「そ、そうか」

理由を聞き、剛はうなった。

レインが男だったら問題なかったのだろうが、女子だと判明した以上、男子連中は話しにくいのだろう。

「無理もないか。みんな、女子と話すのが得意というわけじゃないからな」

「そうなのかい？　日本の男はシャイなんだね」

レインはうなずき、剛に告げた。

「でも、ツヨシは違うよね。ボクとは普通に話してくれるし。女子と話すのは得意なのかい？」

「いや、別に得意では……」

剛がレインと普通に話せるのは、レインが男だと思っていた時に会話を交わしたからだ。

もしも女子だと分かっていたら、もう少し緊張していたと思う。

「レインはあまり女子という感じはしないな」

「そうかい？　あまり女の子っぽい服装は好きじゃないけど、ボクとしては可憐《かれん》な少女のつもりなんだけどな」

上目遣《うわめづか》いに見つめられ、ドキッとしてしまう。

イケメンだと言われていたぐらい、レインの顔立ちは整っていて、美しかった。

変な話だが、たとえ男だったとしても、至近距離から見つめられたりしたらドキドキしたと思う。

「あれだな。美人すぎて話しにくいというのもあるんだろうな」

「えっ？」

レインはハッとして、頬《ほお》を染めた。

「い、いきなりなにを……美人って、そんな……それって、日本語で最上級の誉め言葉じゃないか……」

「わ、悪い、つい……深い意味はないので気にしないでくれ」

「……」

レインは胸を押さえ、頬を染めながら、剛の顔をチラチラと見ていた。

そうしているとかなりかわいらしく、まさに美少女という感じだ。

剛が対応に困っていると、悪友の鈴木が声を掛けてきた。

「なにやってんだ、高岩《たかいわ》。北欧のロリを口説いてんのか?」

「そんなわけないだろ。おかしな事を言わないでくれ」

「……ロリ?」

レインが眉根《まゆね》を寄せ、鈴木に問い掛ける。

「ロリって、ボクの事なのかい? 失礼なヤツだな」

「悪い悪い。でもまあ、外国人にしちゃあ子供っぽいっていうか、ロリっぽいよな?」

「君は確か、スズキだったね。なかなか面白《おもしろ》い事を言うじゃないか……」

目付きを鋭いものに変え、レインが鈴木をにらみ付ける。

鈴木はヘラヘラと笑い、愉快そうに呟いた。

「高岩はロリが好きだからよう。ドストライクなのかもな」

「えっ? ツヨシはロリコンなのかい?」

「年上好きでもあるらしいぜ。ツンデレや巨乳も好みらしいし、恐ろしい野郎だぜ！」

レインはうなり、腕組みをして考え込んでいた。

剛はムッとして、鈴木の頭頂部を右手でガシッと鷲《わし》づかみにした。

「誰《だれ》が、ロリコンで年上好きでツンデレ好きで巨乳好きなんだ？　面白い事を言うな、鈴木ぃ……！」

「いやだって事実だしよぉ……って、ウソウソ、冗談だよ！　やめろよせ頭が割れるぅ！　ひいいいいいい！」

鈴木の頭蓋骨に指を食い込ませるようにしてギリギリと締め上げてやる。

悲鳴を上げる鈴木を折檻《せっかん》していると、レインが声を掛けてきた。

「ツヨシは女性の好みが割と広いのかな？　ロリコンなのに年上好きなんだ？」

「頼むから真に受けないでくれ。そんな事実はないぞ」

「でも、よく考えたら、巨乳を除くそれらの好みに当てはまる人がいるよね」

「えっ？」

クスッと笑い、レインは剛を見つめた。

「ツヨシは、ワンターンキルウインドの事が好きなのかな？」

「い、いや、まあ、先輩の事は好きだけど……別に好みとかそういうのじゃ……」

「年上でロリというのはアンビバレンツな要素だしね。その二つに当てはまるワンターンキルウインドは、ウルトラレアな存在なのかもしれない」

「そ、そうかな？　いや、俺《おれ》は先輩の事をそういう目で見てるわけじゃ……」

剛は否定したが、レインは聞いていないみたいだった。

「やはり、彼女とは決着をつける必要がありそうだね。ゲームプレイヤーとしてだけでなく、女性としても……」

「ゲームで勝負するのなら止めないが、喧嘩《けんか》にならないようにな。……聞いてるか？」

「ふふふ……」

不敵な笑みを浮かべたレインに、剛はなにやら寒気を覚えたのだった。


放課後、部室にて。

長机を挟み、剛は風《ふう》と向き合っていた。数字当てゲームで対戦中だ。

今回のゲームは「アルゴ」。白と黒の1～11のカードを使い、それぞれ相手の手持ちカードの数字を当てていくゲームである。

自分のカードや相手にアタックをかけて当てたり外したりしたカードの情報から、数字を絞っていく。推理力と洞察力、時には直感も重要なゲームである。

風の伏せカードをにらみながら、剛は尋ねてみた。

「あの……先輩とレインって、仲が悪いんですか？」

「んー？　いや、別に仲が悪いってわけじゃ……よくもないけどさ」

「じゃあ、宿命のライバルというわけじゃないんですね？　親や兄弟の仇《かたき》とか……」

「ああ、あいつの両親と兄と妹の魂を、私がカードゲームで奪ってしまって……もしかすると
それが原因かな？」

「悪魔の所業じゃないですか！　そりゃ恨まれますよ！」

「冗談に決まってるだろ？　なんで本気にするかな……」

呆《あき》れきった顔でため息をつく風に、剛はむう、とうなった。

「特に因縁とかはないいんだけどな。世界大会に出た時に知り合って、空き時間に何度か対戦し
ただけだし」

「そうなんですか。対戦って、先輩、まさか……」

「もちろん、ワンターンキルで潰《つぶ》してやったぞ！　あいつ、涙目になって震えてたなあ」

「お、恐ろしい……世界大会出場者相手にそんな非道な真似《まね》をしていたんですか……」

「向こうもさすがに強いからさ、一回目は速攻で勝てたけど、二回目以降はなかなか上手くい
かなかったな。それでも一〇回やって七回ぐらい勝ったっけ」

「七勝三敗で勝ち越しですか。それでライバル視されてるんですかね」

カードを並べつつ、風は首をひねっていた。

「うーん、どうだろ。あの時は真冬のカナダが会場で……罰ゲームでパンツ一丁にさせて、猛

吹雪の中をマラソンさせたのがまずかったのかな？」

「ひ、ひどい。恨まれて当然ですよ！」

「だから冗談だってば。そこまでキツい罰ゲームをやらせるわけないだろ」

「そ、そうですよね。さすがにそこまでは……」

「あの時は確か、フリフリのドレスを着させて、その格好のまま予選に出場させたんじゃなかったかな？　あいつ、めっちゃ恥ずかしがってた覚えが……」

「……女の子っぽい格好が苦手なレインにそんな仕打ちを……先輩って基本的にSなんですね」

「う、うっさいな！　あの頃の私はちょっぴりサディスティックなのが格好いいと思ってたんだよ！　今は反省してるから！」

「はあ」

それではレインが恨んでいても仕方がない気がする。小学生時代の風は結構ヤンチャだったのか。

「レインは先輩と対決したがっていましたけど、先輩にやる気はないんですね」

「まあなー。もうトレーディングカードゲームは引退したわけだし、あの頃のプレイヤーと対戦するのはなあ。やるとしたら負けたくないし、あいつレベルに勝つには特訓しなきゃ無理だろうしな」

それほどの強敵という事なのか。改めて世界ランカーの強さを考えさせられてしまう。

現在

今の風にすらまるで歯が立たない剛としては複雑だった。昔の風が相手だったらどうなるのだろう。

「それはそれとして、高岩はレインと仲いいみたいだな?」

「えっ?　え、ええ、まあ。割と気さくで話しやすいですし……」

「あいつ、かわいいもんな。『日本の常識を教えてやるよ』とか言って、触ったり触らせたりしてるんじゃないのか?」

「してませんよ!　何者なんですか俺は?」

剛は強く否定したが、風はヘラヘラと笑いながら、疑いの眼差《まなざ》しを向けてきていた。

「お前は真面目《まじめ》だけど、あらゆるタイプの女子にやたらと優しく接するところがあるからなあ。目に映る女をすべて口説こうとしてるんじゃないのかって思う事もあったりなかったり……」

「ひどい言いがかりだ!　俺は女の人を口説こうなんて考えた事は一度もないですよ」

「嘘《うそ》つけ!　部員にしようとして、生徒会副会長や同じクラスの朝霧さんを口説いてただろ!」

「それは意味が違うんじゃ……その理屈だと、先輩も口説いている事になりますが……」

するとは風は頰を染め、目をそらした。

「そ、そうだよ、口説いてるだろ。毎日毎日、しつこいぐらい口説いてきやがって……年上の私を自分の物にしたくて仕方がないんだろ!　恐ろしいヤツめ!」

「そんなつもりはないんですが……先輩を自分の物にしたいというのは否定しませんけど」

「いや、否定しろよ！　ほんとにそんな事を考えてるのか？　エ、エッチ！」

「？」

凪は両腕を交差させて自分で自分を抱き締めるようなポーズを取り、ガードを固めていた。

剛は首をひねり、凪の伏せカードを指で差して「０」と告げたがハズレだった。

「先輩を正式な部員にしたいと思うのがなぜエッチになるのか、説明してもらえますか？」

「そういう意味かよ！　だったらそう言えよ！　自分の物にしたいとか言うから誤解されるんだぞ！」

「別に誤解というわけではないんですが。先輩を自分の物にしたいのは事実ですし」

「……部員としてだろ？」

「部員としてですね。なにかおかしいですか？」

凪は眉根を寄せ、剛の伏せカードを差して、「１」「11」と告げ、両端の二枚を当てた。

「いちいち誤解されるような言い方をするなってば！　自分の物にしたいとか、普通は変な意味に取られるだろ！」

「変な意味というと、具体的にはどういう意味ですか？」

「そ、それは、あれだよ。奴隷とか、そういう……」

「先輩を言いなりにできるようにするわけですか。それは楽しそうですね」

「な、なんだよ、私になにさせるつもりなんだよ⁉　いくら私が年上の色気を振りまいてるからって、あんまり過激なのはダメだぞ！　や、やらしいな！」

剛は首をかしげ、風に告げた。

「先輩に肩をもんでもらうのは駄目ですか」

「えっ？　まあ、そのぐらいなら別に……」

「あとは膝枕《ひざまくら》とか」

「うーん、そのぐらいはいいかな」

「部活の時間はずっと抱っこさせてもらうとか」

「急にハードル上げてきたな！　それはちょっとさすがに……エッチな事するんだろ？」

「しませんよ。抱っこするだけです。駄目でしょうか？」

「ギ、ギリギリかな。お前が平気でも、私がどうにかなりそうだし……」

風は頬を染め、剛から顔をそむけていた。

モジモジしながら剛の伏せカードを差して、「3」「7」と告げ、当ててしまう。

「ああ、また負けた！　なんで分かるんですか？　どうなってるんだ……」

「自分のカードとお前の反応を見て推理したんだよ。まあ、半分は勘だけどな」

「勘でここまで当てちゃうんですか。先輩には俺の考えなんて、すべてお見通しなんでしょうね」

感心したように呟く剛を見つめ、風はポツリと呟いた。

「なに考えてるのか分かんないところもあるけどな。お前は一体全体、私の事をどう思って……」

「えっ？」

「い、いや、なんでもない。あんまりエッチな妄想するなよ？　いくら私が年上でも困っちゃうぞ」

「エッチな妄想ですか。あのう、メイドさんになった先輩に『お帰りなさいませ、ご主人様！』って言ってもらうのとかは駄目ですか？」

「そ、それぐらいならまあ……つか、マジでそんな妄想してるのか？　メイドの私になにをさせたいんだよ？」

「……」

「おい、顔を背《そむ》けるなよ！　なんか怖いんだが⁉」

基本的に真面目な剛だが、彼もまた思春期真っ盛りの男子高校生である。

女子には絶対に教えられないような妄想をする事だってあるのだ。ごくたまにだが。

EX1 風の独り言①

Koryaku Dekinai Mineuchi san

オッス、峰内風《みねうちふう》だ。みんな、元気にやっとるかね？

私はまあ、それなりかな。なんせ高二のＪＫ２ってヤツだし？　もう子供じゃないので、昔みたいにキャーキャー騒いだりはしないかな。

……誰《だれ》だ、子供にしか見えないとか言ったヤツは？　目つぶしを食らえ！　ズビシッ！

私はいまだにボードゲーム研究部の仮部員というか、部員候補のままだったりする。

それというのも、部員になる条件である、私にゲームで勝つというのを、高岩《たかいわ》がクリアできていないからだ。

さすがにそろそろ一勝ぐらいしてほしいもんだが、なにやってるんだか、高岩め。

それなりに面白《おもしろ》おかしく高校生活を送っていたんだが、妙なヤツが現れた。

レイン・ガードナー。一学年下の交換留学生。パッと見はイケメンぽい美少女。

かつて、私が小学生だった頃に、トレーディングカードゲームの世界大会で知り合った相手だ。

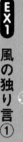

つっても公式戦で対戦した事はないんだけどな。

世界大会決勝で、あいつと当たる前に私は負けちゃったから……もしも当たってれば私が勝ったと思うけど。残念だ。

レインのヤツ、私とカードゲームで対決するつもりで日本に来たらしい。

大会の空き時間にあいつとやった勝負で私が勝ち越してたから、そのお返しをしたいんだろうな。

五年も前の事をまだ根に持ってるのか。爽《さわ》やかなようで意外と執念深いんだな。

まるでどこかの生徒会長みたいだ。

あいつには悪いけど、私はもう、勝負なんかするつもりはないんだ。

ＴＤＣは引退しちゃったからな。遊びでやるならいいけど、真剣勝負はな。引退した以上、そういうのはやらないのがけじめってもんだろう。

それに、あいつは強い。もしも勝負をするのなら負けたくない。特訓しないと駄目だろうな。

レインは高岩のヤツと同じクラスになったらしいが、高岩を含むクラスの男子全員から男だと思われていたらしい。

無理もない気がする。昔はそうでもなかったが、今のアイツは妙にボーイッシュな感じになってるし。

そういや、女の子っぽい服装を嫌がってたっけ。外見は美人というかめっちゃかわいいのにな。

なんか、高岩の事を「ツヨシ」とか呼んでたが……外国じゃ普通なのかな？

別にいいけど、ちょっと引っ掛かるなあ。

下の名前で呼び合うのって、フレンドリーすぎないか？

まるで付き合ってる男女みたいじゃ……って、考えすぎかな。

4 ナンジャモンジャ

Koryaku Dekinai Mineuchi san

「邪魔するぞー！」

「⁉」

剛《つよし》が一人で部室にいたところ、不意にスライドドアが勢いよく開き、訪問を告げる者がいた。

女子にしては長身で、長い髪を後ろで縛った、気の強そうな少女。生徒会副会長の佐々木《ささき》静香《しずか》だ。

静香は室内を見回し、剛以外の人間がいない事を確認していた。

「高岩《たかいわ》だけか。峰内と眼鏡《めがね》の子はいないのか？」

「先輩は用事があるとかで遅れて来るそうです。朝霧《あさぎり》さんはクラス委員の仕事が忙しいみたいで休みです」

剛が説明すると、静香は納得したようにうんうんとうなずいた。

「そういう事なら仕方がない。私が相手をしてやろう」

「えっ？　副会長さんがですか？」

「なんだその意外そうな顔は？　私も一応、部員だろうが！　部長の貴様とゲームに興じていてもおかしくはあるまい？」

「は、はあ」

いきなり現れて妙な事を言い出した静香に、剛は戸惑った。

確かに静香は部員になったはずだが、この部を潰《つぶ》そうとした生徒会の副会長でもあるのだ。

またなにか企《たくら》んでいるのでは、と身構えてしまう。

「ふっ、そう構えるな。私は純粋にゲームを楽しみたいだけだ。他意はないぞ！」

「……」

「ただ、どうせやるのなら勝ちたいと思っている。貴様や峰内には負かされてばかりだからな。もっとゲームに慣れなければなるまい」

「なるほど。それで練習をしたいと」

「そういう事だ。私を鍛えさせろ、部長！　貴様に勝てるぐらいにな！」

胸を張って要求してきた静香に、剛は苦笑した。

素直すぎるとは思うが、気持ちは分からないでもない。勝負事をやるからには勝ちたいと考えるのはごく自然な発想だ。

「では、割と定番で人気のゲームを……『ナンジャモンジャ』なんてどうですか？」

「なんだそれは？　私でもできそうなゲームなのか？」

「ええ、大丈夫だと思います。ルールそのものは簡単ですから」

「むう……」

『ナンジャモンジャ』はカードゲームである。頭に手足が生えたようなデザインの謎《なぞ》の生物『ナンジャモンジャ』が一枚に一体ずつ描かれており、それぞれデザインが異なる。このナンジャモンジャ達には名前がないため、山札からカードを取り、オープンした際にプレイヤーが名前を付けていく。

既に名前を付けたものと同じカードが出たらその名前を言い、正しい名前を一番早く言ったプレイヤーがそれまでに出たカードをすべて取る事ができる。山札のカードがなくなった時点でカードの獲得数が最も多いプレイヤーが勝者となる。

ゲームのルールは単純だが、プレイヤーが名前を付ける、というところに戦略性が生まれる。誰《だれ》が見ても一目で分かる名前にしてもいいし、自分にしか覚えられない名前というのもありだ。

「名無しの生き物に名前を付けるのか？　なにやら難しそうな……」

「実際にやってみれば分かりますよ。試しにプレイしてみましょう」

カードをシャッフルして机の上に置き、剛からカードをめくっていく。

「山札から取ったカードを横に置いて、この絵柄の生き物に名前を付けます。一回目は練習で簡単なのにしましょうか。こいつの名前は『カビ太郎』です」

「ひどい名前だな。私がカビ太郎だったら、名付け親の貴様を絶対に許さないだろう」

「そ、そういうゲームなので……次は副会長さんの番ですよ」

静香がうなずき、山札からカードを取り、裏返して一枚目のカードの上に重ねて置く。

「こやつの名前は……『豚野郎』にしよう」

「いや、そっちこそひどすぎるでしょう！　生まれてからずっと豚野郎って呼ばれるなんてかわいそうですよ！」

「世の中には罵《ののし》られる事に喜びを感じる者も存在するのだ。コイツの顔を見ろ。豚野郎と名付けられて笑みを浮かべているぞ」

「そういうイラストですし。かわいそうな豚野郎……」

剛が「カビ次郎」「カビ三郎」「カビ花子」と覚えやすい名前を付けていき、静香が「のろまな亀」「人の皮を被った豚」「女王様」とおかしな名前を付けていく。

そしてある程度の枚数が出たところで、以前に出たものと同じ絵柄のカードが出てきた。

「ん？　これは確か……」

「『豚野郎』ですね」

「そうそう、豚野郎だった。……おい、なぜ貴様がカードを取るのだ？」

「俺《おれ》が先に名前を当てたからですよ。今までに出たカードは全部俺がもらう事になります」

「全部取られてしまうのか⁉　卑怯《ひきょう》だぞ、豚野郎！」

「誰が豚野郎ですか！　そういうルールだと言ったでしょう？」

そんな感じでゲームは進み、ほぼすべてのカードを取ってしまった剛の勝利となった。

静香は悔しそうにギリギリと歯噛《はが》みし、ちょっと涙目になっていた。

「練習などと言って手加減一切《いっさい》なしとは……この鬼め！　貴様は生粋のサディストだな！」

「いや、俺はなるべく覚えやすい名前を付けたじゃないですか。副会長さんが変な名前を付けるから覚えられないんですよ」

「それを先に言え！　仕方ない、負けは負けだからな……」

静香は観念したように呟き、上着のボタンを外し、スルリと脱いでしまった。

剛は顔色を変え、静香を注意した。

「なんで脱ぐんですか！　脱衣ルールはやめてくださいよ！」

「以前にも言ったと思うが、これは自分を追い込んで集中力を高めるためだ。私が勝手にやっているのだから、貴様は気にしなくていい。貴様が負けたら脱いでもらうがな」

「む、無茶苦茶だ！　マイペースが過ぎますよ、副会長さん！」

静香はムッとして、剛に告げた。

「ずっと気になっていたのだが、私を役職で呼ぶのはやめろ。失礼なヤツめ」

「えっ？　でも、どう呼べば……」

「私の名は佐々木静香だ。貴様には特別に『静香ちゃん』と呼ぶのを許そう」

「そんな、某国民的アニメのヒロインみたいな呼び名で……あの、佐々木先輩では駄目でしょうか？」

「駄目だ。下の名前で呼べ。これは副会長命令だ」

「えー……」

役職で呼ぶなと言いつつ、副会長というポストを利用した要求を突き付けてくる静香に、剛は困惑した。

かなり抵抗はあったが、仕方なく呼んでみる。

「じゃあ、静香……先輩」

「硬いな。まあ、いいだろう」

どうにか納得してくれたようで、ホッとする。さすがにちゃん呼びはハードルが高すぎる。

「それじゃ、二回戦を始めましょうか」

「よかろう。ここからが本番だな」

カードをシャッフルし、再スタート。

今度は静香からカードをめくり、名前を付けていく。

「ふむ、コイツは……『高岩A』にしよう」

「俺の名前ですか？　まあいいですけど」

剛もカードをめくり、少し考えてから名前を付けた。

「脚が長いので、『あしながおじさん』にします」

「単純だな。そんなのでいいのか？　では私は……コイツは『高岩B』だ」

「俺が増えていくんですか。覚えられるのかな」

その後も静香は『高岩C』『高岩D』というように、アルファベットでナンバリングした剛の名前を付けていった。

剛はというと、『まんまるおじさん』『手長おじさん』『ピンクおじさん』というように、特徴＋おじさんで名付けていった。

やがて、最初の方に出たカードと同じイラストのカードが出てくる。

「むっ、これは確か……高岩……Bか？」

「いえ、『高岩C』ですね」

「そ、そうだったか？　ああっ、またカードを取られてしまった……！」

静香が名付けたカードも含めて、剛は次々とカードの名前を言い当てていった。

再び剛の圧勝に終わり、静香はブルブルと震えていた。

「ううっ、また負けた……これでは訓練にならないではないか！　この鬼め！」

「そう言われましても……わざと負けても意味がないですし、慣れてもらうしかないんじゃないでしょうか？」

「むうう……」

静香は悔しそうにうなり、リボンタイを外していた。

「次は勝つ！　さあ、勝負だ！」

「いいですけど。さり気なく脱ぐのはやめてくれませんか？」

その後も静香は負け続け、上靴を脱ぎ、靴下を脱いだ。

ブラウスのボタンを外そうとしたところで、剛は待ったをかけた。

「そこまでです！　それ以上脱ぐのはやめてください！」

「いや、しかし。敗者は衣服を失うのが定番のルールだろう。ネットで見たので間違いないぞ」

「ネットのでたらめな記事を鵜呑《うの》みにしないでください！　脱衣ルールが常識になっている世界線なんてありませんから！」

「そうか？　貴様が常識を知らないだけなのではないのか？」

「あんたにだけは言われたくないですよ！」という台詞《せりふ》を飲み込み、剛はうなった。

ゲームの特訓以前に、静香には色々と欠けているものがありすぎる気がする。

静香はニヤリと笑い、剛に告げた。

「私も馬鹿《ばか》ではない。そう簡単に下着姿をさらしてしまうような真似《まね》はしないぞ。キチンと対策をしてきている」

「えっ？　それって、どういう……」

「ブラウスの下に、見られても構わないコスチュームを仕込んできているのだ！　そういうわけなので、貴様がブラウスを脱がしてくれ！」

「ええっ⁉　い、いや、それはちょっとマズイんじゃ……」

戸惑う剛の手を取り、静香は自分の胸元《むなもと》へと誘導した。

「早く脱がせろ」と強い口調で言われ、剛はなんだか逆らう事ができず、指先を震わせながら、静香のブラウスのボタンを外しにかかった。

プチプチとボタンを外し、額の汗を拭う。静香はかすかに頬《ほお》を染めながら剛を見つめ、さらに指示を出してきた。

「ブラウスを左右に開くがいい。勝者の権利だ」

「い、いえ、それはさすがに……」

「私がいいと言っているのだから問題はない。心配せずとも、脱がしてもマズイものは出てこないぞ。さあ、やれ！」

「し、しかし……こ、困ったなあ……」

剛は拒否したかったが、静香はそれを許さなかった。

左右の手首をつかまれたまま、ブラウスを開くよう要求され、やがて剛は観念したように、静香の指示に従った。

顔をそむけながらブラウスを左右に開き、チラッと見てみると。そこには……。

「あれ？　それって……水着ですか？」

「ふっ、そういう事だ！　どうだ、これなら見せても問題はないだろうが！」

「……」

静香は脱衣ルールの対策として、制服の下に水着を着てきたらしい。

そもそも脱衣ルールで勝負しているのは静香の独断なので、対策も何もないのだが……。

下着ではなかったのでホッとした剛だったが、あまりよい状態だとも思えなかった。

静香は、白いビキニの水着を着ていたのだ。パッと見は下着にしか見えなかった。

「いや、なんでそんな下着みたいな水着を……どうせなら誰が見ても水着だと分かるようなデザインの水着にしてくださいよ！」

「ネットで見たのだ。下着のような水着なら見せても問題はないらしい。なるほどよいアイディアだなと思い、真似をしてみた」

グラビアモデルがやるような手法を取り入れたわけか。よく考えるものだ。

そのままブラウスを脱いでしまおうとする静香に剛は冷や汗をかき、開いたそれを閉じようとした。

「脱がないでくださいよ！　なに考えてるんですか！」

「だから水着なので問題ないと言っているだろう。むっ、さては……貴様自身の手で脱がせてみたいとでもいうのか？　別に構わんが、意外とエッチだな」

「ち、違いますよ！　なんでちょっと恥ずかしそうにしてるんですか！」

頬を染めた静香に、剛が戸惑っていると。

まるでその瞬間を狙《ねら》いすましたかのごとく、出入り口のスライドドアがガラッと開いた。

「やー、悪い悪い。日直の仕事で遅れちゃって……」

部室に入ってきたのは、風《ふう》だった。

剛と静香の姿を認めるなり、風はビキッと固まっていた。

「お、おま、お前ら、なななにをして……！」

剛はハッとして、現在の状態を確認し、顔色を変えた。

静香と向き合い、彼女のブラウスをつかんで左右に開いている。まるで剛が脱がしているようだ。

「ち、違うんですよ、先輩！　これはですね……」

「高岩が、生徒会副会長のブラウスを開いて脱がせようとしている……？」

「だから違うんですよ！　そうじゃないんです！」

オロオロとうろたえる剛に、ブルブルと肩を震わせている風。

静香はコホンと咳払《せきばら》いをして、真面目《まじめ》な顔で風に告げた。

「私は、高岩から指導を受けていただけだ。勘違いするな」

「し、指導ってなんのだよ？　性的な事か？」

「無論、ゲームの指導だ。決まっているだろう」

「な、なんだ、ゲームか……」

ホッと胸を撫《な》で下ろした風に、静香はさらに告げた。

「脱衣ルールで脱ぐ際、下着ではまずかろうと思い、水着を着てきたのだが、これでは駄目だと注意を受けていたところだ」

「なんだそれ！　なんのゲームだよ⁉」

「私は自分で脱ごうとしたのだが、高岩は自分が脱がせたいらしくてな。さすがに恥ずかしいのでどうしたものかと」

「ちょ、ちょっと待ってくださいよ！　俺はそんな事一言も言ってないでしょう！」

「言わずとも態度で分かる。目で訴えてきただろう？」

「ひどい誤解だ！　やめてくださいよ！」

冗談ならまだいいが、静香は本気で言っているのだからタチが悪い。

風が半目でにらんでいるのに気付き、剛は慌てて自分の無実を訴えた。

「先輩、違いますからね！　信じてください！」

「あー、そうだな……高岩は嘘《うそ》つかないし、たぶん変な事をしていたわけじゃないんだろうけど……」

「分かってくれたんですね。ありがとうございます」

「それはそれとして、私がいない時を狙って副会長と遊んでいたのはむかつくな。しかも脱衣ルールで！　この裏切り者！」

「ええっ⁉　い、いや、俺は決して脱衣ルールなんかを希望したわけじゃ……」

「分かってるさ。どうせその馬鹿が勝手に始めたんだろ？　でもな、それを止められなかったお前も同罪だ！　実は密《ひそ》かに楽しんでたんじゃないのか？」

「そ、そんな事は……ないですよ……」

風からジロッとにらまれ、剛は目を泳がせた。

なんだか強く否定できない。自分でも無意識のうちに楽しんでいたのだろうか。

そこで静香が不満そうに呟く。

「せっかく高岩を喜ばせようと思って水着まで用意してきたのに……お子様が来たのではこれまでだな。続きはまた今度にするか」

「おい、誰がお子様だって？　つかお前、ゲームの特訓じゃなかったのかよ。何しに来たんだ？」

「子供には分かるまいが、私達はちょっぴりアダルトなゲームを楽しんでいたのだ。貴様ももう少し大人になれば理解できるようになるだろう」

「私はお前と同学年で同い年だよ！　子供扱いするな！」

眉《まゆ》を吊り上げた風を無視するようにして、静香は剛に告げた。

「では、また今度、邪魔者がいない時に遊ぶとしよう。私に着てほしいコスがあれば後で知らせろ」

「は、はあ。いや、俺は別にそういうのは……」

「さらばだ」

ニヤリと笑い、静香は部室から出て行った。

不機嫌そうな風と二人きりになり、剛はぎこちない笑みを浮かべた。

「え、ええと、その……せ、先輩もゲームをやりませんか？」

「そりゃやるけどさ。私は負けても脱がないけどいいのか？」

「いいに決まってるでしょう。そんなの期待してませんよ」

「私が脱いでもつまんないから期待してないだと⁉　なんてひどい事を言うんだお前は！」

「……」

風が機嫌を直してくれるまでには、かなりの時間を要した。


「先輩は、脱ぐんじゃなくて着ていくというのはどうでしょう？」

「そうだな。脱いでも仕方がないからどんどん着ていった方が……むしろ着ぐるみでも着ちゃうか？　あははは」

「ははは」

「なにがおかしいんだ？」

「す、すみません……」

5 NGワードゲーム

Koryaku Dekinai Mineuchi san

「先輩、今日はNGワードゲームで勝負しませんか？」

「NGワードゲーム？」

放課後、部室にて。剛《つよし》は風《ふう》に新たなゲームによる勝負を挑んでいた。

「無地のカードに、相手が言いそうな単語を書いておき、裏向きに伏せて渡すのです。受け取ったカードに書かれている単語は見ないようにして、自分の額に貼《は》り付けます。自分のカードに書かれている単語を言ってしまったら負けです」

「ほほう、なるほど。割と面白《おもしろ》そうだな」

そこで部室のスライドドアが開き、新たな人物が飛び込んできた。

「そのゲーム、俺《おれ》も参加するぜ！」

「鈴木？　また見学に来たのか」

「なんか面白そう。私も参加していい？」

「大橋《おおはし》さんも？　俺は別に構わないが……いいですか、先輩？」

「オッケー。人数が多い方が面白そうだしな」

鈴木と大橋が加わり、四人で勝負する事になった。

「では、俺、先輩、鈴木、大橋さんの順番で。自分の次の人間が言いそうな単語をカードに書いて、裏向きにして渡すんだ。受け取ったカードに書かれている単語は見ないようにして額に当てるんだ」

「この場にいる人間の呼び名はなしにしようか。ありにしたらすぐ終わっちゃうからな」

単語はなんでもいいが、意味のある言葉でなければならない。

剛は少し考えてからカードに書き込み、伏せた状態で風の前に差し出した。

風は鈴木に、鈴木は大橋に、大橋は剛にカードを渡す。

それぞれが自分のカードを額に当て、ゲームスタート。

「……」

風、鈴木、大橋の額にあるカードを確認し、剛はうなった。

「黙るのはなしな。質問されたら答えなきゃいけない事にして、その答えがNGかどうかでセーフかアウトかを決めよう」

「了解です。それから質問する側がカードの単語をそのまま口にするのはなしにしましょう」

「んじゃ、スタートの合図をしたら始めるぞ。誰《だれ》から攻撃（質問）していくか、順番を決め直すか？　それともさっきの順番でいいか？」

「俺はさっきの順番でいいですよ」

「俺もいいぜー」

「私もー」

「んじゃ、高岩《たかいわ》から私に、で始めるぞ。ゲームスタート！」

ゲームが始まり、まずは剛が風へ。攻撃を開始する。

風の額にあるカードをジッと見つめ、剛は呟いた。

「あの、先輩。先輩が、いくら金を積んでもいいから欲しいものってありますか？」

「ちょーっと、待て。私のカードは高岩が書いたんだよな？」

「はい、そうですが」

「……内容によっては後で説教するぞ」

「なんだか理不尽ですね。それで先輩、質問の答えはなんですか？」

「んー、カードに書かれている単語を言ったら負けなんだよな……じゃあ、高岩が考えそうにない答えを……『本当に変身できる変身ベルト』が欲しいなー」

「えー……そんなのが本当に欲しいんですか？」

「うん、欲しい。ヒーローに変身して、悪党や私をからかう後輩なんかをやっつけてやりたいなー」

「そ、そうですか」

風はセーフだった。次に、風が鈴木に攻撃する。

「なあ、鈴木よ。お前には嫌いなものがあるよな？　これだけは許せないっていう……なんだっけ？」

「ふっ、そいつはさすがに分かりやすすぎじゃないっすか？　いくら俺でも引っ掛かりませんよ」

「そうかあ？　で、質問の答えは？」

「質問には答えなきゃいけないんでしたっけ。じゃあ……『かわいい妹がいるヤツ』は許せないっすね」

「ちっ、そう来たか。惜しいな……」

風が舌打ちし、剛と大橋が苦笑する。

セーフだった鈴木は余裕の笑みを浮かべ、大橋に目を向けた。

「悪いが、勝たせてもらうぜ、大橋。お前って、あれだよな。よく言われるだろ？」

「なんの話よ？」

「だから、あれだよあれ。周りからよく言われるだろ？　答えろよ」

「……」

少し考えてから、大橋は答えた。

「そんな分かりやすいのに引っ掛かると思うの？　馬鹿《ばか》ねー、あんた」

「ほい、アウトー！」

「⁉」

鈴木が大橋を指差して、彼女の負けを宣言する。

剛と風が苦笑し、大橋は慌てて自分のカードを確認した。

「私のカードは……『馬鹿』？　そんな……質問からして『背が高い』か『イケメン』だと思ったのに……！」

「そんな分かりやすいのにするわけねーだろ？　俺の事をナメすぎだっての」

「くっ……！　馬鹿な鈴木に馬鹿にされるなんて屈辱だわ……！」

大橋が脱落し、残り三人での勝負となった。

次の順番の剛は、風のカードを見つめ、悩んだ。

「先輩に足りないものってなんでしょう？　先輩はどう思います？」

「お前それ、内容によってはマジで説教だからな？　まあ、質問の答えを予想外のものにすればいいだけだけど……私に足りないもの……『遠距離攻撃能力』かな？」

「いや、そんなの足りてる人間の方が少ないでしょう！　答えがおかしいですよ！」

「やかましいわ。んじゃ、次は私から鈴木に攻撃だな？」

少し考えてから、風は鈴木に告げた。

「なあ、鈴木よ。年上の女についてどう思う？　好みじゃないか？」

「えっ？　うーん、そうっすね……俺は別に、『姉萌え』とかじゃないし……」

「ほい、アウト！　終わりだ、鈴木！」

「⁉」

負けを宣言され、鈴木はギョッとした。

慌てて自分のカードを確認してみると、『姉』と書かれていて、ぐぬぬとうなる。

「く、くそう。てっきり俺のカードは『リア充』だと思ったのに！　やられた……！」

「ふふふ、残念だったな！　さすがにそこまで分かりやすい単語にするわけないだろ」

鈴木が敗れ、残りは剛と風の二人だけになった。

自分の番になり、剛はうなった。これは風を倒す千載一遇のチャンスかもしれない。

どうにかして風に「あの単語」を言わせなければ……。

「先輩はきっと、あれが好きですよね……ああでも、もしかしたら嫌いなのかも……どうなんでしょう？」

「知らんわ。なんの話だよ？」

「なんだと思います？」

「……さあな。答えによっては後で喧嘩《けんか》だからな？」

「えー……」

風にジロッとにらまれ、剛はたじろいだ。

そこで風が、ニヤッと笑って言う。

「そういや、高岩はまだ一度も攻撃されてないよな？　自分のカードになにが書かれているのか、情報がゼロってわけか」

「俺のカードは、大橋さんが書いたんですよね。そうすると、そんなにおかしな単語じゃないと思うんですが」

「ふふふ、さて、どうかな……」

大橋に目を向けてみると、苦笑いをしていた。

意外と妙な事を書いてあるのだろうか？　なんにせよ、それを言わなければいいのだが。

「なあ、高岩。お前って結構あれだよな。一年とは思えないぐらいでかいというか……」

「？」

「でかい」ではないわけか。すると「大きい」や「背が高い」などが怪しいかもしれない。

「私みたいな自分より小さいヤツを馬鹿にしてないか？」

「そんな事は……ないですよ」

「本当か？　正直に答えろよ」

「ないですよ。重要なのは中身でしょう。身体の大きさなんて、どうでもいい事で……」

「はい、アウトぉーッ！」

「⁉」

風から人差し指を突き付けられ、剛は愕然とした。

危なそうな単語は避けたつもりだったのだが、なにが引っ掛かったのか。

自分のカードを確認してみると、そこには……『どうでもいい』と書かれていた。

「な、なんだこれは？　これが俺のNGワード？　なんでだ！」

「ごめん！　なんか高岩君が言いそうな台詞《せりふ》じゃないかと思って……ごめんね？」

大橋が手を合わせて謝罪してきて、剛はむうとうなった。

これで風の勝利となった。ゲームが終了し、風は自分のカードを見てみた。

「うん？　『愛』って……なんだこりゃ？」

「先輩が、求めてやまないものではないかと……意外と言いませんでしたね」

「……」

風は眉根《まゆね》を寄せ、剛に身を寄せると、肘で小突いた。

「てっきり『身長』か『おっぱい』だと思ったのに……真面目《まじめ》かお前は？　えいえいっ！」

「い、いたっ、痛いですよ、先輩！　真面目に考えたのになぜ非難されなきゃならないんですか？」

「なんで私が『愛』を欲しがるんだよ？　愛に飢えてるように見えるってのか？　愛が足りてないとも言ってたな？　失礼な！」

「あいた、痛い痛い！　俺に対する愛が少なくないですか⁉」

「……そんなものはない！」

「ひどい！」

6 NGワードゲーム　その二

「先輩、もう一度NGワードゲームで勝負しませんか？」

「いいけど……負けても泣くなよ？」


ある日の放課後、部室にて。剛《つよし》は風《ふう》にゲームによる勝負を挑んだ。

するとそこへ、またしても乱入者が。

「そのゲーム、私達も参加させてもらうわ」

「なっ、生徒会長さん？」

「私もいるぞ！」

「副会長さんまで……もしかして生徒会って暇なんですか？」

生徒会長の宮本美礼《みやもとみれい》と副会長の佐々木静香《ささきしずか》が部室に入ってきて、ゲームに加わる事になった。

剛、風、美礼、静香の順番で、NGワードを記入したカードを渡していく。

それぞれ、自分のカードは見ないようにして額に当て、ゲームスタート。

自分以外の三人のカードを確認し、剛はうなった。

「それじゃ、俺《おれ》から先輩に質問をしていきます。先輩は、すごくアレですよね。そう思いませんか？」

「なんだアレって……今回も私のカードは高岩《たかいわ》が書いたんだよな？　内容によっては説教だからな」

「先輩、ゲームなんですから大目に見てください。それでは答えをどうぞ」

「うーん……当てたら負けだから、外れるように……『巨乳』とか？」

「セーフですけど、その答えはどうかと思いますよ」

「うるさいよ！　じゃあ、次行くぞ、次」

凪は美礼と向き合った。ニコニコと微笑んでいる美礼の額にあるカードを見つめ、質問を考える。

「生徒会長って、アレだよな。そういうところあるよな。自分でもそう思うだろ？」

「私のカードは峰内《みねうち》さんが書いたのよね？　あなたが私の事をどう思っているのか、確認するのが楽しみだわ」

「い、いや、これはあくまでもゲームだから……そ、それで、答えは？」

「そうね……『ライバル』だったりしたらうれしいかも」

「セーフだな。次行こう、次」

ＮＧワードは回避したが、美礼はどこか不満そうだった。

次に美礼が静香に質問をする。

「副会長は……アレが大きいわよね。よく言われるでしょう？」

「か、会長？　それは公共の場で言ってもいい内容なのですか？　あまりセクハラめいた事は言わない方が……」

「さて、どうかしら。それで答えは？」

「そ、そうですね……大きいアレ……『声』だったり……」

「はい、当たり。あなたの負けね」

「⁉」

静香のNGワードは『声』だった。

自分のカードを確認し、静香は悔しそうにしていた。

「馬鹿《ばか》な、こんなのだったとは！　てっきり『胸』か『身長』か、もしくは会長しか知らないような見えない箇所の事かと……」

「見えない箇所？　なんの話なんですか？」

「ひ、秘密だ。女性にそういう事を訊《き》くんじゃない。い、いやらしい！」

「えー……」

なぜか静香から怒られてしまい、剛は少し落ち込んでしまった。

気を取り直し、風に質問をする。

「先輩は、アレである事に自覚がないですよね。あるいは、自覚していながらとぼけていると か……」

「はあ？　なんだそれ……ま、まさか、お前、すごくエッチな事をカードに書いたんじゃ…… それを私に言わせて、興奮しようとしてるんだろ！　このムッツリ！」

「無茶苦茶言わないでください。それでは答えをどうぞ」

「エッチな事じゃないのか？　じゃあ……」

「逆にエッチな事を言えばNGワードを回避できるかもしれませんよ」

「そ、そうか。じゃあ、すごくエッチな事を……って、言うわけないだろ！　やらしいな！

答えは『背が低い』でどうだ！」

「セーフです。ですが、惜しかったですね」

「なにがだよ!?　エッチな単語を言わなかった事か？　それとも答えに関してか？」

戸惑う風の質問はスルーして、剛は次へ進むよう促した。

美礼に目を向け、風はうなった。

「自覚と言えば、コイツも自覚してなさそうなんだよな……NGワードを言わせるのは難しい かも」

「なんの事かしら？　私がなにを自覚していないというの？」

「い、いや、だからその……あくまでもゲームだからな？　マジになるなよ？」

「ふふふ、場合によるかしら。あまりにひどい中傷だったりしたら、この部を潰《つぶ》すかも……」

「マジになるなってば！　お前のそういうところがアレなんだぞ！　おっと大ヒントを言っちゃったかな？　それで答えは？」

「？　今のがヒントなの？　……『冷酷非情』とか？」

「惜しいな！　セーフだ！」

「……答えの内容によっては訴えるわよ。弁護士に相談して」

「マジでやめてくれ！」

静香は脱落したので、次は美礼が剛に質問をする番だ。

剛の額にあるカードを見つめ、美礼は眉根《まゆね》を寄せた。

「これを高岩君に言わせるのは難しそう……彼のカードは副会長が書いたのよね？」

「そうです。なかなかいいNGワードでしょう？」

「どうなのかしら。この答えを引き出すにはどうしたら……」

少し考えてから、美礼は剛に告げた。

「高岩君はその……大人っぽい女性が好きなのかしら？」

「その質問で俺のカードがなんなのか見当が付きましたよ。たぶんアレなんでしょうね……」

「さて、どうかしら。試しに答えてくれる？」

「……『妹萌え』とか？」

「セーフね。残念だわ」

剛は胸を撫《な》で下ろし、ニヤニヤしている風に目を向けた。

「そろそろ先輩には退場してもらいましょうか。先輩は、親戚の人などからよく言われる事ってないですか？　久しぶりに会ったおじさんやおばさんになんて言われますか？」

「んん？　変な質問だな。私が親戚から言われる事……『大きくなっ……てないね―？』とか……」

「セーフです。元気出してください、先輩」

「うっさいわ！　んじゃ、生徒会長に質問を……」

少し考えてから、風は美礼に告げた。

「えー、突然だが心理テスト的な質問を……朝の登校時間、家を出てからしばらく歩いていると、脇道《わきみち》から一匹の猫が出てきて、あなたの前を横切っていきました。どんな色の猫だったでしょうか？」

「どんな色の猫って……黒かしら？」

「はい、アウト！　残念だったな！」

「!?」

美礼がカードを確認してみると、そこには『黒』と書かれていた。

「私のＮＧワードが『黒』……どういう意味なのかしら、峰内さん？」

「さ、さあ、次行こう、次！　次は高岩が私に質問する番だな！」

笑顔だが、目がちっとも笑っていない美礼ににらまれ、颪は慌てて顔をそむけた。

またしても颪との一騎打ちとなり、剛はうなった。これは颪に勝つチャンスでもある。なんとかあの単語を引き出せないものか。

「先輩は……どういうものが好きですか？　好みを教えてください」

「私の好み？　うーん、そうだなあ。真面目《まじめ》で頼りになりそうな人、とかかな？」

「いえ、好みの異性のタイプではなくて、単純に好きなものの話だったんですが……」

「ま、紛《まぎ》らわしい質問するなよな！　バーカ、バーカ！」

顔を真っ赤《か》にした颪から抗議され、剛は困惑した。

セーフだった颪が、剛に質問をする。

「お前さあ、そろそろ認めたらどうだ？　絶対にアレだろ、年下よりもアレが好みなんだろ？」

「……」

颪の質問を受け、剛はうなった。

これはもう間違いなく、『年上』か『年上好き』がNGワードなのだろう。

ならばそれらを回避しつつ、質問に答えなければならない。

「俺の好み……『ツンデレ』だったり……」

「はい、アウトぉー！　残念だったな！」

「!?」

剛は驚き、慌てて自分のカードを確認した。

『ツンデレ』と書いてあり、剛はぐぬぬとうなった。

「なんですか、これは……副会長さんが書いたんですよね？」

「ふふ、いいNGワードだろう？　貴様の好みでもあるし、貴様自身でもある。ダブルミーニングというヤツかな？　あはははは！」

「好みはともかく、俺ってツンデレなんですか？　そんな馬鹿な……」

剛がアウトになり、最後まで残った風の勝利が確定した。

風は自分のカードを確認し、「んん？」となった。

「私のNGワードは『カワイイ』？　なんだこれ、こんな単純なヤツだったのか？」

「はい。先輩と言えば『カワイイ』が一番当てはまるかと。意外と当てられなかったですね」

「……」

風は頬《ほお》を染め、剛の脇腹《わきばら》を手刀で連打した。

「お、お前、こういうのはマジでやめろよな！　私のどこがカワイイんだよ？　思ってもいないくせに！」

「いいえ、先輩を表す言葉で『カワイイ』よりも最適な言葉はないと思います。先輩は自分のかわいらしさを自覚してください」

「だ、だからからかうなってば！　私なんか、全然かわいくないだろ？」

「いいえ、めっちゃカワイイです。先輩イコールカワイイ。これは否定しようのない事実ですね」

「え、えーっ？　そ、そうかなあ……？」

真剣極まりない顔で断言した剛に、風は目を泳がせた。

そこで静香が、ポツリと呟く。

「負けたので脱がなければ……会長の分も私が脱ごう！」

「だから、脱がないでくださいよ！　勝手にペナルティを決めないでください！」

「なにを言っているのだ？　お前も負けたのだから脱ぐのだぞ」

「えっ？　お、俺もですか？　でも……」

「脱ぎにくいのなら、私が脱がしてやろう。まずは上着から……こら、動くんじゃない！　大人しくしろ！」

「や、やめてくださいよ！」

静香が剛の上着に手をかけ、脱がせてしまおうとする。

剛がうろたえていると、風が静香に飛び付くようにして、取り押さえようとした。

「コイツ、いい加減にしろ！　脱ぎたきゃ一人で脱げ！　高岩に手を出すんじゃない！」

「ええい、放せ！　貴様も脱がせてやろうか！」

「や、やめろバカ！　私に触るな！」

揉《も》みくちゃになって揉めている三人を眺め、美礼はフッとクールな笑みを浮かべた。

「なんだか楽しそうね……これもゲームの一部なのかしら？」

「会長も参加しますか？」

「遠慮するわ」

7 腕力ゲーム

「後輩よ、今日はお前が勝てるゲームをしよう」

「えっ？」


放課後、いつもの部室にて。

風《ふう》から妙な提案をされ、剛《つよし》は面食らってしまった。彼女はなにを言っているのだろうか。

「いや、『意味不明っス』みたいな顔すんなよ。言葉そのまんまの意味だってば」

「はあ。つまり、俺《おれ》を勝たせるためのゲームをしようという話ですか？」

コクンとうなずき、風は剛に告げた。

「こうも毎日毎日、あらゆるゲームで負け続けてちゃ、お前も嫌になるだろ？　ゲームを楽しむ部活で苦痛を感じてちゃ本末転倒だと思うんだ。だから、お前でも勝てるゲームをしよう」

「ちょっと待ってください。俺はそういう、出来レースというか、接待プレイみたいなのは好きじゃないです」

「私だって嫌だよ！　でも、ずっと私に負かされて、お前へこみまくってるじゃん！　なんか

Koryaku Dekinai Mineuchi san

私がいじめてるみたいで気分悪いんだよ!」

風の訴えを聞き、剛はむうぅとうなった。

確かにへこみまくっている。最近では風に負かされる夢を見るぐらいだ。夢の中でも勝てないというのが悔しすぎる。

だが、だからと言って、故意に勝たせてもらうというのは違う気がする。そんな勝利になんの意味があるというのか。

「先輩、イカサマはやめましょう。そうまでして勝ちたくないです」

「だーかーらー、お前のためじゃなくて、私の気分の問題なの! 後輩を一方的に負かして喜んでるなんて、まるで私がドSみたいだろ! 年上だからって威張ってるみたいで感じ悪いし! ここらで空気を変えようよ!」

「言われている事は分からないでもないですが……」

風なりに悩んでいたらしいと知り、剛は少なからずショックを受けた。

自分が負け続けているせいで、風に余計な気遣いをさせてしまったのか。これでは部長失格だ。

「私なりに考えてみたんだけど、お前に勝てるゲームがあるとすれば……腕力勝負ぐらいじゃないかと思うんだ」

「腕力ですか。確かに、多少は自信がありますが……」

剛は昔から身体が大きく、力もある。その反面、かなり不器用だったりするのだが。

対する風は小柄で幼く、腕力などとは無縁の存在に見える。力比べなら、剛が風に負ける事はないだろう。

しかし、ここは仮にも「ボドゲ部」である。腕力勝負などで勝敗を決していいのか。はなはだ疑問だ。

「先輩に腕力で勝っても、それは本当の勝利だと言えるのでしょうか？　ゲームに負けたからといってキレて殴り掛かるチンピラみたいでどうも……」

「誰《だれ》がお前と力比べをするっつったよ。そんな真似《まね》したら、か弱い私は壊れちゃうだろ」

「……か弱い？」

「そこは突っ込まなくていいから！　腕力を使ったゲームをしよう！」

「？」

風に促され、剛は席を立った。直立状態で向き合い、風が説明をする。

「腕力を使うのはお前だけだ。今から、私を持ち上げてみせろ」

「先輩を……持ち上げる？　それって、どういう……」

「腕力に自信があるんなら、小柄な私を持ち上げるぐらい余裕だろ。無理とは言わないよな？」

「は、はあ。たぶん大丈夫だと思いますけど。どういうゲームなんですか？」

「お前が私を持ち上げていられる時間を予想するんだ。予想した時間内に限界が来たらお前の負けで、予想時間を超えても持ち上げていられたら私の負け。どうだ？」

「なるほど……分かりました、いいですよ」

うなずいた剛に、風は補足を入れた。

「持つのは両手で、身体に腕を回すのはなしな。抱っこもなしで、あくまでも両手のみで持ち上げるんだ」

「なるほど。そうなると、持つ場所は限られてきますね……」

人一人を持ち上げるとなると、手を置く場所は限定される。腋の下か、腰のあたりだろう。幼く見えても、風は年上の女子だ。腋の下に手をやれば、（あるかないか分からないが）胸に触れてしまうかもしれない。そうすると、持つ場所は腰ぐらいしかなくなってしまう。

……これは意外と難しいかもしれない。

「んじゃ、やってみよう。いくら私が軽くても人間一人を持ち上げるわけだからな。そんなに長くは……」

「あの、短すぎる時間を指定して負けるというのはなしにしてください。先輩にわざと負けられてもみじめになるだけですから。勝つつもりで予想してください」

「言ったな、おい。せっかく勝たせてやろうと思ったのに……じゃあ、マジで行くぞ？」

「望むところです」

「うーん……二〇分……いや、もうちょいいけるかな？　よし、三〇分にするぞ！」

「……分かりました」

風がスマホのアラームを三〇分後に設定し、剛に持ち上げるよう促す。

「よし、スタートだ！」

「！」

アラームのセットと同時にゲームスタート、剛は両手を風の腰に伸ばし、ガシッとつかんだ。

「失礼します」

「お、おう！」

風の腰をしっかりと支えながら、ひょいっと持ち上げる。

予想していた以上に細く、そして軽い。剛は自分と目線の高さが同じ位置になるようにして、風を抱え上げた。

「これでいいんですよね？」

「あ、ああ、うん。完全に足が床から離れてるわ……今更だけど、私とお前って、こんなに身長差があったんだな……」

年下の後輩に持ち上げられて恥ずかしいのか、風は頰《ほお》を染め、居心地が悪そうにしていた。

恥ずかしいのは剛も同じで、年上の女子を持ち上げるという行為に、なにやら妙な気分だった。単なるゲームとは言え、これは本当にやってもいい事なのだろうか？　微妙によくない事をしているような気がする。

「えっと、その……重くないか？」

「いえ、全然軽いです。正直言って、ここまで軽いとは思いませんでした」

「そ、そっか。まあ、私は見ての通り、ちんまいからな……」

「……」

風を持ち上げたまま、剛は微動だにしなかった。

しかし、この体勢はちょっとまずかったかもしれない。向き合う形で持ち上げたため、嫌でもお互いの顔を見てしまう事になり、なんだか照れてしまう。

「……ちなみに、先輩の体重は何キロぐらいなんですか？」

「ばっ……い、言うわけないだろ！　女に体重訊《き》くとか失礼すぎ！　さてはお前、私を女扱いしてないな⁉」

「すみません。間が持たないのでなにか話題をと思いまして。先輩の事は、ちゃんと女の子扱いしていますよ」

「そ、そっか？　ならいいんだけどさ……」

「……」

二人とも黙ってしまい、室内はシンと静まり返った。

この部屋には時計がないので、時間の経過が分からない。両手がふさがっているため、自分のスマホで時刻を確認する事ができず、剛は風に尋ねた。

「先輩、何分経《た》ちましたか？」

「えっと……五分ちょっとだな」

「まだ五分ですか？　先は長いですね」

剛に持ち上げられたまま、風が手にしたスマホで時間を確認する。

困ったように呟く剛に、風はニヤッと笑った。

「なんだなんだ、もう限界かー？　だらしないなあ」

「いいえ、割と余裕なんですが……ただその、先輩を持ち上げて見つめ合ってるっていうのがどうも……照れますよね」

「ま、まあ、それはあるかもな……じゃあさ、目を合わせないようにしよっか？」

「名案ですね。そうしましょう」

剛はうなずき、顔を右に向けて風から目をそむけた。風も同じようにして、剛から顔をそむける。

「……」

「……」

しかし、いつまでもそんな状態を続けられるはずもなかった。

剛がチラッと目を向けると、風も同じくこちらを見ていた。目が合ってしまい、お互いに苦笑いしてしまう。

「先輩、時間の方は？」

「まだ一五分だな。やっと半分だ」

「意外と長いですね」

「ほんとにな。一五分ぐらいにしとくんだった」

ため息をつく風に、剛は呟いた。

「すみません、俺のせいで。俺が普通のゲームで勝てないからこんなゲームをするはめに……申し訳ないです」

「気にすんなって。キツイのはお前だけで、私は楽なゲームなんだしさ」

「いえ、全然キツくはないですね。先輩を持ち上げる事ができて、ちょっとラッキーかも、というぐらいで……」

「は、はあ⁉ お前、なに言ってんの？ ラッキーってどういう意味だよ！」

「特に深い意味はないです。こういうのも悪くないかな、と思っただけで……」

剛の言葉を聞いた風は真《ま》っ赤《か》になり、彼の腕をつかんでもがいた。

「お、お前、お前なあ！ そういう事言うなよな！ なんかエッチな事でも考えてるんじゃないか⁉」

「いえ、そういうわけではなくてですね……触り心地が……じゃなくて、その……抱き心地が、というのでもなくて……なんでしょう？」

「知らないよ！ こ、この馬鹿《ばか》ッ！」

「おうっ……！」

風の膝《ひざ》が鳩尾《みぞおち》に入り、剛は一瞬、呼吸ができなくなった。

剛の手が腰から離れ、風はスタッと着地した。剛は腹を押さえ、苦悶《くもん》の表情を浮かべて呟いた。

「……せ、先輩、今のはさすがに反則では……？」

「お、お前が悪いんだろ！　変な事ばっかり言って、馬鹿じゃないの⁉」

真っ赤になって怒鳴った風だったが、ちょっとやりすぎたかと思い、苦しそうにしている剛に寄り添い、声を掛けた。

「ごめん、大丈夫か？　つい反射的に膝が出ちゃって……ごめんな？」

「い、いえ、言葉の選択が不適切だった俺が悪いんです。気にしないでください」

結局、持ち上げていた時間は一六分程度で、ゲームは剛の負けになった。

剛を勝たせるためのゲームのはずが自分が勝ってしまい、風は難しい顔をしてうなった。

「なんでこうなるかな。ちなみに、私が膝を入れなかったらどうだったんだ？　三〇分ぐらいいけそうだったのか？」

「どうでしょう。結構ギリギリだったかもしれません」

「そっかー。惜しかったなあ」

「……」

実は腕力的には全然余裕だった、とは剛は言わずにおいた。

あのまま続けていたら、気分的にかなりマズイ状態になっていたかもしれない。風が妨害してくれたおかげで助かったのかも、と思う剛であった。

8 先輩の髪型

「先輩の髪って……長いですよね」

「んー？　まあ、そうだな」

部室にて。いつものごとく二人きりで勝負中、剛《つよし》はふと疑問に思った事を口にした。

「伸ばしている人はそこそこいますけど、先輩ほど長い髪の人は珍しいですよね。なにか理由があるんですか？」

「いんや、別にぃー？　なんとなく伸ばしてたらいつの間にかこんなんなっちゃって……ここまで長くなると短くするのが惜しくなったっていうか……そんな感じ？」

「そうなんですか」

自分の長い髪をかき上げ、凪《つよし》は気だるげに答えた。

剛がうなずくと、凪はニヤッと笑った。

「なんだお前、私の髪に興味でもあるのか？　なんかやらしーなー」

「いやまあ、そんなに長いと手入れが大変じゃないかとか、なにか事情があって伸ばしているんじゃないかとか色々……興味があるのかと言えば、確かにありますね」

真顔で答えた剛に、風は少し照れたような顔をして、自分の髪を手にしてクリクリと毛先をいじった。

「ふ、ふーん。そうなんだ」

「確かに手入れが大変ではあるな。丁寧に洗わないと傷むしさ。朝起きると寝癖がひどくて爆発《ばくはつ》したみたいになってる時もあるし」

「なるほど。やはり大変なんですね」

「物に挟まったり、人にかかったりしないように普段は気を付けてるかな。体育の時なんかはまとめてるからそんなに邪魔にはならないんだけど」

「まとめている？　つまり、ストレート以外の髪型にしているわけですか？」

「う、うん、そうだけど」

剛が険しい顔をしたので、風は驚いてしまった。なにか気に入らない事でもあったのか。

「そう言えば、前に何度か見掛けましたね……ずるいですよ！」

「ずるいってなにがだよ？　どんな髪型にしようと私の勝手だろ？」

「レアな先輩の髪型を、二年の男子はいつも見ているわけでしょう？　一年の俺《おれ》は滅多に見られないのにずるいじゃないですか」

「いや、体育は男女別だし、そんなに見られてないと思うけど。私の髪型に注目してる男なんかいないだろ」

「甘い！　先輩は甘いです！　絶対に注目している人が何人かいますよ！　もっと自覚してください！」

「えー……」

強い口調で訴える剛に、風は困惑するばかりだった。

剛がこんなにムキになるのは珍しい。彼にとって、そこまで重要な案件なのだろうか。

「よく分かんないけど……私に髪型を変えてほしいって事か？」

「……少し違いますね。先輩は、今現在の髪型が最高に似合っていると思います」

「そ、そうか？　なら別に変えなくてもいいんだな」

「それはそれとして、俺があまり見た事のない髪型というのも見てみたいです」

「どっちなんだよ⁉　お前って意外と面倒なヤツだな！」

剛は真剣極まりない顔で風を見つめ、深々と頭を下げた。

「お願いします。どうか、いつもと違う髪型を見せてください……！」

「そこまでマジになるような話なの⁉　どう反応したらいいのか困るわ！」

やがて風はため息をつき、剛に告げた。

「分かったから頭を上げろ。ったく、おかしなヤツだな。大して面白《おもしろ》くもないもんなのにさ」

「先輩？　それじゃあ……」

「髪型を変えてみせればいいんだろ？　言っとくけど、本当に大した事ないからな。ただちょっとまとめるだけなんだから」

「はい。ありがとうございます！」

すごくいい笑顔で礼を言った剛に、風は苦笑した。いつものポーカーフェイスはどうしたんだ、と言いたくなる。

髪留めに使っているゴム紐《ひも》を取り出し、口にくわえ、長い後ろ髪をかき上げていく。真後ろで髪をまとめ、ゴム紐で縛ってみせる。風がいつも体育の時にやっている髪型だ。

「こんなんだけど。ど、どうだ？」

「……」

やや照れたように、はにかんだ笑みを浮かべた風を見つめ、剛はうなった。

これは……予想していた以上の破壊力だ。あまりのかわいらしさにめまいがした。

目頭を押さえて天を仰《あお》いだ剛に、風は不思議そうに首をかしげた。

「おい、どうした、高岩？　普通すぎてつまんなかったのか？　だから言ったのに……」

「……いえ、そうじゃありません。先輩はもう少し自覚した方がいいと思います」

「自覚？　なにをだよ？」

なんの事か分からないのか、風は怪訝《けげん》そうな顔をして、しきりに首をひねっていた。

……マジか。この人、自分のかわいらしさを理解していないのか。家に鏡がないんじゃゃ……

と、剛は本気で心配になった。

しかし、ここで自分がほめてもどうせ冷やかしや冗談だとしか捉《とら》えてくれないだろう。そういう意味では颪はとても鈍いのだ。

剛はため息をつき、スマートフォンを取り出した。カメラアプリを起動させつつ、颪に呟く。

「先輩。すみませんが、写真に撮ってもいいでしょうか？」

「えっ、写真？　や、やだ、よせよ。こんなしょうもないの、撮られるの恥ずかしいし……」

「しょうもなくなんかないです。お願いですから一枚だけ。絶対に誰《だれ》にも見せませんから」

「ま、まあ、そこまで言うのならいいけど……座ったままでいいのか？　なんか面白いポーズでも取ろうか？」

「そのままでお願いします。こっちを見てくれればそれで……ああ、いいですね……」

顔を伏せがちにしながら、照れ笑いを浮かべたポニーテイルバージョンの颪を、剛はしっかりと撮影しておいた。

すばらしいものが手に入った。これは永久保存しておかなければ。他人には見せたくないので、プリントして自分の部屋に飾っておくか。

「男ってよく分からないな。髪型変えただけの写真なんかがそんなにいいのか？」

「フッ……先輩には理解できないでしょうね。男のロマンってヤツが……」

「分かりたくもないけど。男ってのはエッチな写真を欲しがるものだとばかり……そういうのはいらないのか？」

「それはそれ、これはこれです。エロ的なものとは別次元の欲求というのがあるんですよ」

どこか悟ったように呟く剛を見つめ、風は眉根《まゆね》を寄せた。

「つか、今の言い回しだとエロいのにも興味があるわけだよな？」

「……そうかもしれませんね」

「あっ、コイツ、目をそらした！　さては私の事をいつもエロい目で見てやがるんだな？　やだ、いやらしい！」

「いえ、先輩をそういう目で見た事はありませんが」

「ないの？　いやでも、少しはさ」

「これっぽっちもないです」

剛が断言すると、風はムッとした。

「私の事を女として見てないのかよ！　それはそれでむかつくな！」

「じゃあ、欲情しきった目で見ていた方がいいとでもいうんですか？」

「それはやだ！　普通に気持ち悪い！」

「……どうしろというんですか」

よく分からない事を言われ、剛は嘆息した。なにが正解なのかサッパリだ。

「先輩の事は普通に女の子だと思って見ていますから、それでいいじゃないですか」

「うーん、でもなあ……女の子だと認識しているってのと、女として意識しているっていうのじゃ、微妙に違うと思うんだよな……」

「分からないでもないですが……じゃあ、先輩はどうなんですか？」

「えっ？　私？」

自分を指で差した風にうなずいてみせ、剛は真面目《まじめ》な顔で呟いた。

「俺の事を、男だと意識して見ているんですか？」

「ばっ……な、なに言ってんだ!?　そんなわけないだろ！」

「じゃあ、どう思っているんですか？　ただの後輩ですか」

「い、いやその、それはまあ……えーと……なんて言えば……」

風は頬《ほお》を染め、目を泳がせていた。まさか剛の方からそんな事を訊《き》かれるとは夢にも思わなかった、という様子だ。

あまり深く追求するとマズイかもしれない。剛が話題を変えようかと考えていると、風はおずおずと言葉を発した。

「ま、まあ、後輩だとは思ってるけど……あんまり年下って感じはしないっていうか……お前って顔怖いし、落ち着いてるしさ……」

「……それはマイナス評価という事でしょうか」

「いや、違くて！　いい意味でっていうか、嫌とか嫌いとかじゃなくてさ……その、対等に話せる男友達みたいな？　そういう感じかな」

「……」

忙《せわ》しなく目を泳がせながら呟く風の様子を見つめ、剛は考え込んでしまった。

嫌われているわけではなさそうなのは安心したが、男として見られているのかどうかは微妙なようだ。

これは喜んでいいのか。もっと男として意識してもらえるようにアピールするべきだろうか。

「……ちなみに先輩の好みってどういうタイプですか？」

「タ、タイプ？　いや、そういうのって考えた事ないかな……うーん、どうだろ……？」

「やはり、イケメンじゃないと駄目ですか」

「イケメンってのもよく分かんないんだよな……漫画なんかだと超絶美形に描いてて分かりやすいんだけど、現実にそんなのいないじゃん」

「モテる男というのはいると思いますが」

「そうだなあ。チャラいのは嫌いかな。どっちかっていうと硬派な方が……」

「硬派ですか」

「そうそう。んで、ゲームが強いヤツが好きかな。強いのと対戦するのって楽しいし」

「……！」

笑顔で言う風に、剛は衝撃を受けた。一億ボルトの稲妻が脳天を直撃したような感覚を味わい、よろめく。

風は、ゲームが強い男が好きなのか。彼女に負け続けている剛としてはショックだった。

剛が暗い顔で俯《うつむ》いているのを見て、風は慌てて言った。

「い、いや、別にゲームが自分より強いのがタイプとかそういう話じゃないからな！　強いヤツの方が楽しそうってだけで」

「……先輩」

「うん？　ど、どうした？」

「なんでもいいから勝負しましょう。一秒でも早く、先輩に強いと認めてもらいたいので」

「そ、そうか？　なんだよ、私の遊び相手として認められたいわけか？　意外と子供だなあ」

「なんとでも言ってください。さあ、勝負です」

真剣極まりない顔で呟いた剛に、風は頬を染め、目を泳がせた。

「ま、まあ、仕方ないから相手してやるけどさ。いい加減、一勝ぐらいしてみせろよな」

「……絶対に勝ちます。これまでの俺と同じだとは思わないでください」

「おおっ、すごい気迫だな！　よーし、負けないぞー！」

……結局、その日も全敗に終わり、剛は真っ白に燃え尽きたのだった。

「馬鹿《ばか》な。なぜ勝てないんだ……」

「勝負をあせりすぎ。もっと慎重にやれよな」

「肝《きも》に銘じておきます……」

EX2 風の独り言②

おいっす、峰内風《みねうちふう》だよん。ちゃんと真《ま》っ直《す》ぐ生きてるか、お前ら。

景気は悪いし、物価は上がるばかりだし、大変だよな。

そういや、たまにニュースなんかで見るんだけど、近い将来、ガソリンエンジンの自動車は造られなくなって電気自動車ばかりになるらしいな。

これだけ普及しまくってるガソリン自動車が、いきなり全部電気自動車に入れ替わるなんて本当に可能なのかね？　無理矢理すぎじゃないかと思うんだけどどうなんだろ。

高校生には関係ない話じゃないかって思うかもしれないけど、私は来年以降、一八歳になれば免許が取れるんだよな。そう考えると無関係でもないだろ？

車の種類とかよく分かんないけど、車を運転するのってかなり大人っぽくないかな？　つか、自動車の免許持ってたらさすがにロリとか言われないだろうし。

さて、高岩《たかいわ》のヤツは相変わらずで、私に勝てないでいる。

そのせいか、ゲーム以外でちょいちょい迫ってくるんだよな。盤外戦術ってヤツだろうか？

Koryaku Dekinai Mineuchi san

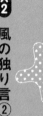

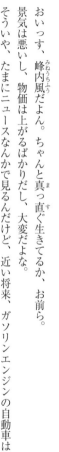

すぐ、かわいいとか言ってきやがるしさ。変なお世辞はやめろって言うんだけど、お世辞なんかじゃない事実だとか言って……困ったヤツだよな。

髪型をちょっと変えた私の写真を欲しがったりするしさ。コイツ、マジで私の事を好きなんじゃ……とか思ったりして。

いや、たぶんそういうんじゃないんだろうな。あれだ、あいつは年上に弱いというか、憧《あこが》れているようなところがあるから、それで大人っぽい私にフラフラと……やれやれ、困ったもんだよな。


ずっと二人きりでゲームをやってきたけど、知り合いや幽霊部員や敵やらが増えたので、集団でできるゲームをやってみた。

たまにはこういうのも悪くないな。人によってゲームに対する考え方やプレイスタイルなんかが違ってて面白《おもしろ》い。

朝霧《あさぎり》さんはすごく真面目《まじめ》でストレート。ちょっと高岩に似ている。あいつに勝てないでいるのはタイプが似ているせいかもな。

生徒会副会長の佐々木《ささき》は、さらにストレートというか、分かりやすい。ハッタリをかます時に「今からハッタリを仕掛けるぞ！」という態度を取るので見え見えだ。アホだよな、あいつ。

高岩の友達の鈴木は、普段の言動が馬鹿《ばか》すぎる変なヤツだけど、ゲームの腕は悪くない。何度か対戦してみて、意外と考えてプレイするタイプなのが分かって、ちょっとびっくりした。

まあ、高岩には及ばないが。強さ的には朝霧さんと同じか、ちょい弱いぐらいかな？

意外に強いのは由衣《ゆい》か。基本的に身体を動かす方が得意な体育会系で、アナログゲームなんかには明るくないタイプではあるんだけど。

ルールを教えると、それに従って忠実なプレイをする。やった事のないゲームでも、ほとんどミスをしない。

脳みその代わりに超ＡＩでも組み込んでるんじゃないかっていうぐらい、慎重で正確なプレイをするんだ。普段は無駄に明るくて適当なヤツなのにな。実はロボットだったりして。

小学生の頃は私と同じぐらいの身長で、体型も同じようなものだったのに、今現在は大人と子供ぐらいの差がある。

おかしいとは思っていたんだが、実はロボットで、年齢が上がるのに合わせてボディを成長したタイプに全とっかえしていたんだとすると、納得がいく。

そうか、由衣はロボットだったのか。それで私よりもはるかに育ったボディをしてやがるんだな。やっと納得できたぞ。

あの無駄にデカい、目障りな胸のふくらみも、シリコンかなんかでできた作り物ってわけだ。

それなら腹も立たないかな。

「誰《だれ》がロボットで、胸がシリコンなのよ⁉　作り物かどうか、触って確かめてみたら？　ほらほら！」

うるさい、バカ、やめろ！　私に非情な現実を分からせようとするんじゃない！

「あっ、そう。じゃあ、高岩君に触ってもらって、確かめてもらおうかな？」

なんでそこで高岩が出てくるんだよ！

そんなの絶対許さないからな！

9 リア充とは

Koryaku Dekinai Mineuchi san

「高岩《たかいわ》よぉ……テメー、リア充じゃねえだろうな？」

「？」


同じクラスの友人、鈴木から妙な事を言われ、剛は首をかしげた。

鈴木は剛《つよし》の数少ない友人の一人であり、悪い人間ではないのだが、少しばかり頭の悪い言動や行動が目立つ男だ。

リア充をというか、女子と仲がいい者や彼女持ちを心の底から憎んでいるらしい。

そんな鈴木からリア充ではないかなどと言われてしまい、剛はわけが分からなかった。

「なんの話なんだ？　俺《おれ》のどこがリア充だと……」

「とぼけるな！　お前、クラス委員の朝霧《あさぎり》といっつもゲームして遊んでるじゃねえか！」

「いや、あれは単にゲームをしているだけで」

「しかも朝霧の友達の堀川《ほりかわ》とも遊んでるだろ！　女と仲良く遊んでるヤツはリア充だ！　うらやましいので死んでもらう！」

「ええ……」

独自の謎理論《なぞ》を振りかざしてくる鈴木に、剛は困惑した。

まるでテロリストのような理屈だ。彼は大丈夫なのかと心配になってしまう。

「なら、鈴木も一緒にゲームをしないか？」

それなら問題はないだろうと剛は思ったのだが、鈴木は暗い顔をして首を横に振った。

「よせよ。それでもし『鈴木が触ったカードなんか触ったら子供ができちゃう』とか女子連中に言われたら、かわいそうだろうが、俺が！　女っていうのはそういう事を平気で言える生き物なんだよ！」

「鈴木は今までどれだけつらい目にあってきたんだ？」

せっかくの提案を拒否されてしまい、剛は困ってしまった。

そこで鈴木が、さらに妙な事を言ってくる。

「聞いた話じゃ、うちのクラスの女子だけじゃないらしいな？　例のちっこい先輩や、生徒会長や副会長と一緒に歩いてるところを見たっていう目撃情報があるんだぜ」

「ああ、それは……単に顔見知りというだけで……」

「手あたり次第かよ、お前は！　このリア充が、もう言い逃れはできねーぞ！　ハーレムでも狙《ねら》ってやがるのか⁉」

「いや、ちょっとよく分からないな」

いずれ動かぬ証拠を押さえてやると言って、鈴木は去っていった。

数少ない友人の一人から妙なクレームを入れられてしまい、剛は戸惑うばかりだった。


「……とまあ、そういう事がありまして」

「なるほどな。……って、そんな事でいちいち私のところに来るなよ！」


昼休み。中庭にあるベンチに腰掛けてお弁当を食べている風を見掛け、剛は声を掛けてみた。

剛の昼食は売店で買ったパンとコーヒー牛乳。風は膝《ひざ》の上にでっかい弁当箱を載せている。

ちなみに風の友人である春日由衣《かすがゆい》も風の左隣に座っていて、剛と風の様子をニヤニヤしながら見ていた。

「こういう時、頼れるのはやはり年上の先輩だと思ったんですが……ご迷惑でしたか」

「いや、迷惑じゃないけどさ……おい、捨てられた子犬みたいな顔をするのはやめろ！　熊みたいにでっかい図体してるくせに！」

風の許可をもらい、剛は彼女の隣に座って昼食をとる事にした。由衣が左隣、剛が右隣に座り、中央に座る風を挟む形になる。

メインディッシュであるハンバーグサンドを食べながら、剛は風に尋ねてみた。

「先輩、俺はリア充なんでしょうか?」

「私に訊《き》かれてもな……リア充ってもっとこう、明るくて弾けてる感じのヤツじゃないの？　知らんけど」

「俺は明るい方じゃないですし、弾けてもいませんよね。なら、非リア充なんでしょうか？」

「うーん、どうだろ。非リア充っていうとすごく暗いっていうか、この世のすべてを呪っていそうな感じがするけど、お前はそうでもないだろ？」

要するに、風にもよく分からないらしい。明確な答えを聞く事ができず、剛は困ってしまった。

「あれだろ。お前が不特定多数の女子と仲良くしてるから誤解されるんだよ。そこから直していくべきなんじゃないの？」

「不特定多数というわけでは……同じクラスの女子で話すのは四人ぐらいですし」

「本当か？　私の知らないうちにまた増えてるんじゃないのか？　正直に吐け！」

「嘘《うそ》じゃないですよ。なんで俺が尋問されてるみたいな感じになってるんですか」

エビフライを口に含みながら、風は疑いの眼差《まなざ》しで剛の顔をのぞき込んできた。

風の隣に座る由衣が「あはは、高岩君、死刑だー」などと言っている。なにを根拠にそんな事を言うのか分からないが、さすがに極刑は勘弁してほしい。

「俺が仲良くしていると思われている女子の中には先輩も含まれているわけですが……」

「私も？　あっ、ちっこい先輩って私の事か！　また新しい別の女が出てきたのかと思ったぞ。って、誰《だれ》がちっこい先輩だ！」

不思議そうにしたり、ハッとしたり、怒ったりと、風は忙《せわ》しなく表情を変化させていた。見ていて飽きない。

剛が生温かい目でぼんやりと眺めていると、風はやや低い声音で呟いた。

「鈴木を今度連れてこい。ちょっと説教してやろう。私はちっこい女子などではなく上級生の先輩なのだと言い聞かせてやらねば……！」

「鈴木には俺から説明しておきますので勘弁してあげてください。あんまり先輩と会わせたくないですし」

「私と会わせたくない？　なんで？」

「いや、それは……」

剛が言いにくそうにすると、風はムッとした。

「さてはあれか、私みたいなちっこいのが先輩じゃ恥ずかしいんだな？　失礼なヤツめ！」

「そうじゃなくて、その……もしも鈴木が先輩の事を好きになったりしたら嫌じゃないですか。だから……」

「は、はあ？　なんの心配してるんだ、お前は！　そんなわけないだろ！」

真《ま》っ赤《か》になって否定する風を見て、剛はため息をついた。

「あまり頻繁に会っていると先輩の魅力のとりこになる可能性がないとも言い切れません。不要な接触は避けるべきかと」

「いやほんとなに言ってんの？　私をアイドルかなんかと間違えてるとしか思えないんだけど。催眠術師かなにかに妙な暗示でもかけられたのか？」

「俺は真面目《まじめ》な意見を述べているだけなんですが……」

剛がいくら説明しても、凪は納得してくれなかった。からかわれているとでも思ったのか、やや照れながら怒っている。

凪が駄目なら、鈴木の方をなんとかするしかないか。剛は真剣に考えてみた。

「鈴木が先輩に近付かないようにするにはどうしたら……実は先輩はものすごく恐ろしい人で、不用意に目を合わせたりしたら利《き》き腕《うで》を折られるぞ、とでも言っておくか……」

「友達に妙な事を吹き込むなよ！　それじゃまるで私が殺し屋かなにかみたいじゃないか！」

「そのぐらい怖がってくれれば大成功ですね。先輩も協力してください」

「嫌だよ！　つか、お前の狙いが分かんないし！　私をどうしたいんだよ？」

「……」

「また、都合が悪くなると黙るし！　ちゃんと説明しなさい！」

説明したのに分かってくれないのだからどうしようもない。剛は困ってしまった。

するとそこで、由衣が口を挟んできた。

「高岩君も色々あれだけど、凪も大概だよね。少しは察してあげなさいよ」

「えっ、私が？　いやでもなにがなんだか……」

「風にも分かるように言うと……高岩君は風を独り占めしたいわけ。自分だけの先輩でいてほしいっていうか、そういう感じ？」

「んなっ⁉　そ、そうなのか？」

風が目を丸くして、剛を見つめてくる。

剛は風から目をそらし、ボソボソと呟いた。

「そうかもしれませんが、そこまで強いこだわりがあるわけでもないのかもしれません」

「どっちなんだよ！　ハッキリしないな！」

「先輩の思うまま、いいように解釈してください」

「えー？　そんな事言われてもなあ……」

風は眉根《まゆね》を寄せ、お弁当のから揚げを箸でつまんでひょいぱくひょいぱくと食べた。

その向こうで、由衣が呆《あき》れたような顔で苦笑していた。

「そこはもう一歩踏み込むべきじゃないの、高岩君？　微妙にヘタレちゃったね」

「いえ、あまり前に出るのもどうかと……先輩を困らせたくないので」

「そっかー。なるほどねー」

二人のやり取りを見た風は、から揚げをゴクンと飲み込んでから、首をかしげた。

「なんの話だよ？　踏み込むとか前に出るとかって、私を倒す作戦でも練ってるのか？」

「んー、風にはちょっと難しい話かなー？」

「そうですね。先輩にはまだ早い話だと思います」

「子供扱いすんなよ！　こう見えても結構大人なんだぞ！　内面的に！」

箸先で四分割にしたハンバーグをひょいぱくひょいぱくと食べていく風を見て、剛と由衣は苦笑するしかなかったのだった。

「ところで、結局、俺はリア充なんでしょうか、リア充じゃないんでしょうか？」

「私は違うと思うぞ」

「私もー」

「なるほど。勉強になりました」

10 アンケート

ある日の休み時間。1－3の生徒全員に一枚の用紙が配られた。

「……『異性に関する意識調査』……なんだこれは……？」

たまに『学校生活に問題はあるのか』とか『いじめはあるか』というようなアンケートを取る事があるが、そういう類いだろうか。

剛《つよし》が首をひねっていると、クラス委員の朝霧夕陽《あさぎりゆうひ》が教室にいる皆に向かって告げた。

「生徒会主導のアンケートです。昼休みまでに提出してください」

生徒会と聞き、剛は、不敵な笑みを浮かべた生徒会長の宮本美礼《みやもとみれい》と、竹刀を持った副会長、佐々木静香《ささきしずか》の顔を思い浮かべた。

二人のイメージが強烈すぎて、生徒会にはあまりまともな印象を持っていないのだが、それは偏見だろうか。

適当に書けばいいか、と考えていると、夕陽が補足を入れてきた。

「みんな、ふざけないで真面目《まじめ》に答えるようにね。おかしな回答が多いクラスには生徒会副会長が粛正に来るかもしれないから」

　なるほど、あの副会長ならやりかねない。副会長が危険人物なのは知れ渡っているらしく、クラスの皆も納得した様子だった。

　アンケート用紙を見てみると、どうも生徒の恋愛観みたいなものを調査していると思われる内容だった。

　統計を取ってみて、風紀の乱れについての実態を把握するといったところだろうか。

「今現在、付き合っている相手はいるのか」「それは同じ学校の人間か」などなど。「はい」か「いいえ」「どちらでもない」などに丸を付ける形式で、それほど突っ込んだ内容の質問はなさそうだった。

　異性の年齢について、年上、年下、同い年のいずれと付き合いたいかという質問があり、そこで剛は手を止めた。

　少し考えてから、「年上」に丸を付ける。

「おっ、高岩《たかいわ》は年上が好みか！　へー」

「!?」

　剛のアンケート用紙をのぞき込んできたのは、悪友の鈴木だった。

　ムッとした剛に笑いかけ、鈴木が言う。

「実は俺《おれ》も年上にしといた！　やっぱ大人っぽい女っていいよなー！　仲間だな！」

「……」

そこで同意を求められても困る。見ると女子の何人かが冷たい目で鈴木をにらんでいて、「サイテー」「死ね」などという辛辣《しんらつ》なコメントを口にしていた。

だが、鈴木に怖いものなどないのか、女子達の冷たい視線を無視して笑いながら言う。

「同い年の女子なんて、男を馬鹿《ばか》にしやがるヤツばっかだろ？　その点、年上はいいよな。馬鹿やっても優しく見守ってくれるような気がするし」

「馬鹿にするのはあんたが馬鹿だから」「年上に幻想抱いてんじゃねー」「好みのタイプに『鈴木以外』って書いとこ」という声が聞こえてきて、剛は鈴木がかわいそうになった。自業自得なところもあると思うが、さすがにひどすぎる。

クラス委員の夕陽が、鈴木に言う。

「アンケートは匿名なんだから。人の答えを見たりしないの」

「へいへい」

鈴木を追い払い、夕陽はため息をついた。

剛に目を向け、ポツリと呟く。

「高岩君は年上が好きなんだ。ふーん……」

「い、いや、これはなんとなく……深い意味はないんだ」

「自由に書くといいわ。真面目に考えた回答なら問題ないんじゃない？」

クスッと笑い、夕陽は去っていった。

今の笑いはどういう意味だろう。剛は首をひねった。


放課後、部室にて。

長机を挟んでゲームをプレイ中、不意に風《ふう》が呟いた。

「そう言えば、今日、変なアンケート用紙が配られなかったか？　生徒会がやってるとかいう」

「あっ、はい。一年だけじゃなかったんですね」

どうやら二年生にも同じものが配られたらしい。全校生徒が対象だったのだろうか。

風はため息をつき、つまらなさそうに呟いた。

「わけ分かんないよな。あんなので統計取って、なんか意味があるのかな。副会長の不信任決議でもやればいいのに」

「はは、そうですね」

「あのアンケートで分かるのは、付き合ってるヤツがどのぐらいいるかぐらいだよな。それにしたって、正直に答えてるかどうか分かったもんじゃないし」

「そうですね」

ふうやれやれとため息をつく風に、剛は苦笑した。

少し間を置いてから、風が呟く。

「で、なんて答えた？」

「えっ？」

「アンケートだよ。なんて答えたんだ？」

風に問い掛けられ、剛は眉根《まゆね》を寄せた。

「匿名のアンケートですよ。答えを聞くのはよくないと思います」

「相変わらず真面目だなあ。こんなの訊《き》き合うのはお約束だろ？　適当に答えてりゃいいんだよ」

そういうものなのだろうか。言われてみれば確かに、真面目に捉《とら》えすぎなのかもしれない。

冗談が通じないヤツだと思われないよう、少し考え方を変えていくべきか。

剛が納得したようにうなずくと、風は笑顔で問い掛けてきた。

「『今、付き合っている相手はいるか』って質問にはなんて答えた？」

「『いいえ』ですね。そんな人はいませんし」

「だよなー。いたらびっくりだよ」

「先輩はなんて答えたんですか？」

「私？　私は『いいえ』だよ。決まってるだろ」

「そうですか。……よかった」

剛が胸を撫《な》で下ろすと、風は首をかしげた。

「なんだそりゃ。私に彼氏でもいると思ったのか？」

「いないとは思いましたが、万が一という事もありますので……」

「ないない、ないって！　もしもそんなのがいたら、ちゃんと紹介するよ」

「……」

そんなものを紹介されても困るな、と思ったが、剛は黙っておいた。

風がさらに問い掛けてくる。

「『背が高い人と低い人、どちらがいいと思うか』って質問には？」

「……低い人、ですかね。先輩は？」

「私は……『どちらでもない』にしたなー」

「そうですか」

身長にこだわりはないわけか。風らしい意見だな、と剛は思った。

「あとは……そうそう、あれがあったな。『年上、年下、同い年、どれが好みか』ってヤツ。どれにした？」

「『年上』ですね」

「そ、そっか、年上かあ……うんまあ、そうじゃないかとは思ったんだけど……ふーん、そっかそっか……」

風は腕組みをして、納得したようにうんうんとうなずいていた。

なにを納得したのやら。疑問に思いつつ、剛は尋ねてみた。

「先輩は？」

「えっ、私？　私は……えーと、どうだったかなあ？」

風は目を泳がせ、とぼけていた。

剛が黙っていると、チラチラとこちらを見ながら、風が問い掛けてくる。

「どれにしたと思う？」

「えっ？　いや、俺に訊かれても……」

「いいから、予想してみろよ。私はどれにしたと思う？」

「……」

質問を質問で返されてしまい、剛はうなった。

風ならどれを選ぶだろうか。あまり年齢にこだわりはなさそうな気がするが、意外とそうでもないのかもしれない。

最も無難な答えは『同い年』ではないかと思うが、風がそんな答えを選ぶだろうか。

散々考え抜いた末に、剛は予想した答えを口にした。

「……『年上』ですか？」

「えー……お前そこは『年下』って言うべきだろー？　……なんでそういう答えが出てくるかな……」

期待外れだとばかりに風がため息をつき、剛はむうぅとうなった。

これはハズレという事なのか。しかし、剛自身が年下である以上、『年下』とは言いにくいのだが……。

「先輩、それで答えは？　年下が正解だったんですか？」

「はあ？　誰《だれ》も正解なんて言ってませんけど。なに勘違いしてんの？」

「そんな……じゃあ、本当はなんて答えたんですか？」

「さあねー。匿名のアンケートだし、答える義理はないよなー」

ヘラヘラと笑う風に、剛はムッとした。

「俺にだけ答えさせておいてそれはないでしょう。ゲームならルール違反ですよ。アンフェアなプレイだ」

「なんでもゲームに絡《から》めるんじゃないよ、このゲーム脳め！」

「先輩にだけは言われたくないですね……」

ガタンと椅子《いす》を引き、剛は立ち上がった。長机を回り込み、風に近付く。

剛を見上げ、風はオロオロしていた。

「ご、ごめん、怒った？　軽い冗談のつもりだったんだけど、言いすぎたかな？」

「別に怒ってませんけど。先輩の答えを教えてもらわないと納得いかないですね……」

「そ、そんなマジになるなよー。ここでなんて答えたって、本当はどう答えたのかなんて分かんないだろ?」

「それでも先輩の口から聞かせてほしいですね。なんて答えたんですか?」

「えーと……」

剛は机に手を突いて前傾姿勢になり、風の顔をのぞき込んだ。

ジッと見ていると、風は頬《ほお》を染めて目を泳がせ、答えにくそうにしながら、呟いた。

「えと、その、なんだ。まあ、特に考える事もなく適当に答えただけなんだけど……」

「そうですか。それで?」

「あー、うん。その……と、年下に丸を付けたかなー? よく覚えてないんだけど!」

明後日《あさって》の方に顔を向けたまま風が答えると、剛は満足したようにうなずいた。

「これでスッキリしました。ありがとうございます」

「あ、あれだぞ、年下って、誰か特定の人間を指してるわけじゃないからな! 勘違いするなよ!」

「分かっています。ですが……」

「な、なんだよ?」

風の顔をジッと見て、剛はボソボソと呟いた。

「先輩から見て年下に見えるとなると、かなり幼い感じの人になるんでしょうか。見た目は小学生、中身は高校生とか……条件に合う人を探すのは大変そうですね」

「なんで私よりも幼い外見前提なんだよ⁉　だったらお前も、自分より老けて見える年上じゃないとダメって事になるぞ！　そんなのもう成人女性じゃないと無理だろ！」

「いえ、俺は『年上』というだけで、見た目は自分よりも幼くても全然大丈夫です」

「うわ、きたねー！　お前ほんとそういうとこが卑怯《ひきょう》だよな！　自分だけ逃げ道用意したりしてさ！」

そんなつもりはないのに風から謂《いわ》れのない抗議を受け、剛は少しへこんだ。

ともあれ、風の口から『年下』がいいという答えが聞けて、剛はよい気分になったのだった。

「先輩自身はロリなのにショタ好き……わけが分かりませんね」

「おいこら、人に妙な属性と性癖を付与するなよ！」

11 校外マラソン

Koryaku Dekinai Mineuchi san

今日の体育の授業はマラソンだった。

学校の敷地の外側に面した道を時計とは逆回りに走る。田舎町という事もあり、このあたりの道は人も車もほとんど通らないので、割と安全だ。

剛《つよし》が自分のペースで走っていると、後ろから走ってきた鈴木が隣に並んできた。

「けっ、なにがマラソンだよ、くだらねえ。こんなのやったって疲れるだけじゃねえか。なあ、高岩《たかいわ》」

「鈴木はマラソンが嫌いなのか?」

「当然だろ。こんなもん、走ってる女子を観察するぐらいしか楽しみがねえじゃねえか!」

「女子を観察するのか?」

「お前も男なら分かるだろ? できれば胸がでかいヤツの隣に並んで走りたいね。ユッサユッサ揺れてるところをガン見するんだ。楽しそうだろ?」

「……そういう事を言ってるから一部の女子からものすごく嫌われてるんじゃないか?」

「嫌われてもいい、揺れてるおっぱいが見たい。それが俺《おれ》の生きざまよ!」

息を弾ませながら不敵な笑みを浮かべて鈴木が言う。

なんだか格好いい言い方をしているが、言っている内容はとてつもなく格好悪かった。

するとそこへ、同じクラスの女子が駆け寄ってきた。

「こら、鈴木！　走りながら女子をジロジロ見て回ってるって聞いたわよ！　真面目《まじめ》にやりなさいよね！」

「げっ、大橋《おおはし》……くそ、捕まってたまるか！　じゃあな、高岩！」

「ああ。生きていたらまた会おう」

クラスの女子で最も背が高い少女、大橋透《とおる》に追い掛けられ、鈴木は逃げていった。

仲がいいのか悪いのか、鈴木はよく大橋に注意されているのを見掛ける。ちなみに大橋はかなりプロポーションがよく、胸も大きいのだが、鈴木は彼女を観察対象にはしていないようだ。

剛は自分のペースを維持して走り続けた。途中で、クラス委員の朝霧夕陽《あさぎりゆうひ》と、友人の堀川《ほりかわ》恵美《えみ》が並んで走っているのを見掛けた。

隣に並び、声を掛けてみる。

「朝霧さん、つらそうだな。マラソンは苦手なのか」

「も、もう死にそう……マラソンなんて考えたヤツなんか地獄に落ちればいいんだわ……はあ、ひい」

「夕陽は運動不足なのよ。ダイエットのつもりになって走れば楽しいんじゃない？」

「ダイエットが楽しい人なんてこの世にいないと思う……はあ、はあ」

夕陽は汗だくで、息も乱れていて苦しそうだった。恵美の方は余裕があるようで、夕陽に付き合ってあげているようだ。

二人とも発育はよい方で、胸も結構大きかった。二人の胸のふくらみが揺れているのを見てしまい、慌てて剛は目をそむけた。

「じゃ、じゃあ、お先に。無理しないでがんばって」

「はあ、ひい、あ、ありがと……」

夕陽が息も絶え絶えな様子で答え、恵美が苦笑する。

二人を追い越して、剛は自分のペースで走った。

しばらく進むと、どこか見覚えのある、妙に小さな人物の後ろ姿が目に入った。間違いない、あれは……。

剛は足を速めて駆け寄り、声を掛けた。

「……先輩！」

「おわっ⁉　な、なんだ、高岩か……びっくりしたー」

それは風《ふう》だった。どうやら二年生のクラスもマラソンをやっていたらしい。

風は半袖《はんそで》のシャツに短パンという体操着姿で、普段はストレートにしている長い髪を後ろでまとめてポニーテイルにしていた。

体操着姿の風はとても活動的でかわいらしく、剛は思わず見とれてしまった。

ちなみに風の左隣には春日由衣《かすがゆい》もいて、剛の顔を見るなりニヤニヤしていた。

「あー、私、急に脇腹《わきばら》が痛くなってきたかも……ちょっと休んでいくから二人は先に行ってていよー」

「……すげー嘘《うそ》くさいな。テニス部で散々走り込みやってるヤツがなに言ってるんだ？」

「春日先輩、大丈夫ですか？　保健室まで付き添いましょうか」

由衣が脇腹を押さえて痛みを訴えると、風は疑いの眼差《まなざ》しを向け、剛は心配そうに声を掛けてきた。

仮病を使って剛と風を二人きりにする作戦は失敗に終わり、由衣はテヘペロと舌を出して誤魔化《ごまか》し、普通に走り続けた。

剛は風の右隣に並び、彼女のペースに合わせて走った。

「先輩はマラソンが好きですか、嫌いですか？」

「うーん、別にどっちでもないなあ。軽く流すぐらいなら散歩みたいなもんだし」

「さすが、余裕ですね。先輩って結構、身体能力高いですよね」

「まあ、それなりになー」

風はほとんど汗をかいておらず、息も乱れていなかった。

胸の方は平坦で、特に何も揺れていない。これなら目のやり場に困る事はなさそうだ。

「……お前今、私の胸元《むなもと》を見て悲しそうな顔をしなかったか？」

「い、いえ。そんな事はまったくないですよ」

「まったくないとはなんだ！　あれだぞ、こう見えてもだな、ほんのちょっとはあるんだからな！　そこは誤解するなよ！」

「そ、そうですか」

おかしな主張をされ、剛は微妙に恥ずかしくなった。女子と胸の話などするのは抵抗がありすぎる。

そこで由衣がニヤッと笑い、剛に告げた。

「ちなみにだけど、私は結構あるよ！」

「うるさいよ！　高岩にバストアピールなんかするな！　殴るぞ！」

由衣が自分の胸元を親指で差して言うと、剛は赤面し、風は目を吊り上げた。

改めて確認するまでもなく由衣はプロポーションがよく、胸も大きい。走るのに合わせてかなり揺れていて、剛はなるべく由衣の方を見ないように努めた。

「そういやさっき、レインのヤツが走ってきて、『勝負だよ、ワンターンキルウインド！』って叫んで、一人で走っていったなあ。バカなヤツだ」

「そ、そうですか。元気ですよね、レインって」

「その後に、高岩の友達の、鈴木だっけ？　あいつが走ってきて、由衣を見てニヤニヤして、私を見て真顔になってたな。背の高い女の子に蹴《け》り入れられて逃げていったけど、なんなんだあいつは？」

「すみません、鈴木はちょっと色々とアレで……あとで厳しく注意しておきますので許してやってください……」

「そ、そっか。まあ、ほどほどにな」

剛が険しい顔で呟くと、颪は苦笑した。

「でもまあ、あいつの気持ちも分かるかな。せっかく女子と一緒に授業受けてるのに、私みたいなのがいたら期待外れだろうしさ」

「そんな事はないですよ。少なくとも俺は、先輩と一緒に走れてうれしいです」

「お、お前はまたそういう……誤解されるような言い方はやめろよな。私と噂《うわさ》になったらどうするんだ？」

「俺ごときが先輩と噂に……不釣り合いすぎてありえない組み合わせですが、勘違いしてくれる人間がいたら愉快ですね」

「いや、おかしいだろ！　なんでそんなに私を持ち上げるんだよ。意味分かんない」

颪は自分が幼く見られる事を気にしているからか、容姿に関しては自信がないらしい。

たとえ幼くともめちゃくちゃかわいいのに。美少女だという自覚がないとは困ったものだ。

「ふふ、私は分かるなー。颪ってかわいいよねー」

「はい」

由衣がニヤニヤしながら呟き、剛はコクンとうなずいた。

途端に凪は頬《ほお》を染め、剛から顔をそむけ、目を泳がせた。

「な、なに即答してんだバカ……か、からかうなよな……」

「春日先輩の言う通りだと思ったので肯定しただけですが。からかっていると思われたのなら心外ですね」

「や、やめろってば。なんでお前はいつもそういう……誤解されそうな事ばっか言うなよな！」

凪の抗議を受けた剛はため息をつき、凪の隣でニヤニヤしている由衣に目を向けた。

「あの、春日先輩。峰内《みねうち》先輩は昔からこんな感じなんでしょうか？」

「うーん、そうだね。ちょっとひねくれてるのは昔からだけど、こういう態度を取るようになったのは割と最近かな」

「そうなんですか。困ったものですね」

「傍《はた》から見てると面白《おもしろ》いけどね。高岩君と話してる時の凪って、いつもと全然違うし……」

「おい馬鹿《ばか》やめろ！　私はいつも通りだろうが！　誤解されるような言い方するな！」

凪が抗議の声を上げ、由衣は肩をすくめた。

「誤解誤解って、そればっかだね。凪が誤解してるのか、周りからされてるのか、どっちなんだろ？」

「知るか！　少なくとも私は間違ってないぞ！　おかしな事ばかり言う、高岩や由衣が悪いんだ！」

自分は正しいんだと主張する風に、由衣と剛は苦笑した。

「私達の方がおかしいって、ちょっと納得できないなあ。高岩君、風を懲らしめてやって」

「俺が先輩をですか？　しかし、どうやって……」

「手を繫《つな》ぐか、肩を抱くかしてやるといいよ。それで大人しくなると思うから」

「ええっ？　でも……いいんですか？」

剛が不安そうに呟くと、風が叫んだ。

「いいわけあるか！　お前それ絶対にやるなよ！　普通にセクハラだぞ！」

「セクハラ……それはマズイですよね。了解です」

風に注意され、剛は素直にうなずいた。

すると風の向こうにいる由衣が、剛に告げた。

「んじゃ、高岩君、私と手を繫ごっか？」

「えっ？　いや、でも……」

「いいからいいから。はい」

風の前を横切り、由衣が右手を伸ばしてくる。

剛は戸惑いながら、そろそろと左手を伸ばして、由衣の手を取ろうとした。

「こら！」

　バシッと叩《たた》かれ、剛は慌てて手を引っ込めた。

「⁉」

　目にも止まらぬ早業で剛の手を叩いた風が、ジロッとにらんでくる。

「なにをしてるんだ、お前は！　この馬鹿たれが！」

「い、いや、でも、今のは春日先輩に言われて……」

「由衣に言われたらなんでも言われた通りにするのか？　由衣が脱げって言ったら全裸になるのか？　死ねって言ったら死ぬのか？　お前に自分の意思はないのか？」

「そ、そういうわけでは……」

　風に怒られてしまい、剛はシュンとなった。

　由衣が風に人差し指を突き付け、ケラケラと笑う。

「あははは！　すっごく分かりやすくやきもち焼いてるぅー！　素直だねー、風は！　あははははは！」

「ち、ちが、そんなんじゃ……こ、こら、笑うなよ！」

「あはははは！」

　由衣に指摘され、風は耳まで真っ赤《まか》になった。

　剛は首をひねり、二人に尋ねた。

「あの、今のはどういう……先輩はなにに対してやきもちを焼いてるんですか？」

「だから、んなもん焼いてないってば！　いい加減にしろ！」

「あははは！　高岩君、マジかー？　マジで言ってるの？　あははは！　ひぃー、おなか痛い！」

風が真っ赤な顔で怒鳴り、由衣は笑いすぎて涙目になっていた。

なにがなんだか分からないが、風が楽しそうでよかった、と思う剛だった。

12 学食でバトル

ある日の昼休み、学食にて。

剛《つよし》はレインを案内していた。

「和食のメニューがこんなに！　すばらしいね！」

「そうか？」

券売機に並ぶ数十種類のメニューを見て、レインは楽しそうだった。

ある事を思い出し、剛は尋ねてみた。

「そう言えば、イギリスは食べ物があまり美味《おい》しくないと聞いたような……そうなのか？」

するとレインは、苦笑しながら答えた。

「よく言われるけどね、そんな事ないよ！　確かに、美味しくない料理はあるし、あまり食にこだわらない面もあると思う。でも、普通に美味しいものはあるし、不味《まず》いものよりも美味しいものを食べたいと思うのは全世界共通の認識だろう？」

「なるほど。そうだよな」

国によって食文化の違いはあるものだが、まずいものばかりという事はないだろう。

剛が納得していると、レインは券売機を眺めながら、ポツリと呟いた。

「まあ、日本や中国あたりの食文化のこだわりには驚かされるけどね……昼食ならフィッシュアンドチップスで済ませておこうというイギリスとは別次元の風習だよね」

そういうものなのか。剛が食文化の違いに感心していると、レインが呟いた。

「ジャパニーズラーメンはないのか。でも『UDON』と『SOBA』はあるんだね。どっちがいいんだろう？」

「好きな方を食べるといい。太い麺がいいのならうどん、細い麺ならそばかな？　味はそんなに変わらないと思うよ」

「うーん……」

真剣な顔で悩んでいるレインに剛が苦笑していると、そこへ近付いてくる者がいた。

「高岩《たかいわ》？　今日は学食か」

「あっ、先輩。どうも」

現れたのは、高二だというのが信じられないぐらい小さな先輩、峰内風《みねうちふう》だった。

風の友人、春日由衣《かすがゆい》もいる。

笑顔で声を掛けてきた風だったが、剛の傍《かたわ》らに銀髪の少女がいるのを見て、顔をひきつらせた。

「げっ、レインも一緒か……」

「おや、ワンターンキルウインドじゃないか。こんなところで会うなんて偶然だね」

「そ、そうだな……」

特に驚いた様子もないレインに口元をヒクヒクさせつつ、風は剛に身を寄せ、囁《ささや》いた。

「おいコラ、なんであいつと一緒なんだよ？　どういうつもりだ」

「いえ、別にどうという事はなくて……レインが学食に行ってみたいと言うので案内を……」

「ちょっと親しくしすぎじゃないか？　あいつは私との対戦を望んでいる敵なんだぞ。その事を忘れるなよ」

「それはまあ、分かっているつもりですが」

無論、剛も忘れてはいない。

しかし、レインは留学生でクラスメイトなのだ。海外からやって来て色々と分からない事だらけだろうと思われる彼女を放置しておく事など、剛にできるはずもなかった。

「ツヨシ、ＳＯＢＡとＵＤＯＮ、どっちがオススメなのかな？」

「うーん、そうだな……うどんが無難じゃないかな？」

「ＵＤＯＮにも種類があるみたいだけど、どれがいいのかな？」

「それは好みによると思うけど……きつねか丸天が無難かな」

悩むレインに、剛はメニューについてできる限り丁寧に説明をした。

食
順番を守ってね!
サラダ
スタミナ定食
すきやき定食
からあげ定食
焼き魚定食
やさい炒め定食
肉うどん
ビビンバ
しょうゆラーメン
きゃーっ
む。

二人のやり取りを見て、風はムッとして、由衣はニヤニヤと笑みを浮かべていた。

「おやおや～？　高岩君って、ああいう子が好みなのかな～？」

「……同じクラスだから色々教えてやってるだけだろ。好みとかそういうのじゃ……」

「分かんないよ？　実は銀髪萌えだったりして。それともボーイッシュな子が好きなのかな？」

「……」

風は半目になり、剛とレインの様子を眺めた。

知り合ったばかりだろうに、妙に距離が近いというか、親しく接しているような気がする。

剛は、割とどんな人間が相手でも親切に対応するタイプだ。それが長所だとも思うが、あまり異性と親しく接してほしくはないものだ。

「君は何にするんだい、ワンターンキルウインド？」

不意にレインが問い掛けてきて、風はハッとした。

無言でこちらを見ている剛をチラッと見て、彼から目をそらしながら答える。

「私は、カツ丼の大盛りにしようかな。なにしろお前達よりも年上の大人で、育ち盛りだからな！」

「大人って……ちっとも育ってないように見えるけど」

「うるさいぞお子様！　早く私レベルまで成長できるようにしっかり食べるがいい！」

「えー……」

誰《だれ》よりも小さいのに大人ぶる風に、レインは納得いかないといった顔をしていた。

それぞれが好きな物の食券を購入し、カウンターで受け取り、席に着く。

長テーブルの端に空席があったので、四人はそこに座った。

剛とレインが並んで座り、その向かいに風と由衣が座る。

ちなみに剛はカツカレー、レインはきつねうどん、風はカツ丼大盛り、由衣はから揚げ丼だった。

「……男女で並んで食べるってどうなんだおい」

「先輩？　なにか言いました？」

「別に？　なんでもないよ？　……あとで説教するから覚えとけ」

「ええっ⁉　俺《おれ》、なにかマズイ事しました？」

何も答えずにムスッとしている風に、剛は戸惑うばかりだった。

由衣が「いただきまーす！」と言い、レインが胸の前で手を組んで神に祈りを捧げ、それぞれ食べ始める。

カツカレーのカツを口に運びながら、剛が風の様子をうかがっていると、そこへ声を掛けてくる者がいた。

「あら、奇遇ね。あなた達もお昼なの？」

「⁉」

両手でトレイを持ち、現れたのは、生徒会長の宮本美礼《みやもとみれい》だった。傍らには副会長の佐々木《ささき》静香《しずか》もいる。

笑顔の美礼に、剛は答えた。

「ど、どうも。会長さん達も学食で食べたりするんですね。生徒会の人は専用の食堂とかあるのかと……」

「ふふ、そんなわけないでしょう？　隣、いいかしら？」

「え、ええ、どうぞ」

嫌だ、と言うわけにもいかず、剛はうなずくしかなかった。

剛の隣に美礼が座り、そのまた隣に静香が座る。ちなみに美礼はA定食の豚生姜焼き定食で、静香はB定食のハンバーグ定食ご飯大盛りだった。

二人が加わり、なんだか妙な空気になってしまった。

きつねうどんを食べていたレインが、剛に話し掛けてくる。

「これ、すごく美味しいよ！　トッピングのフワフワしたのがスープを吸って、微妙に甘くて最高だね！　フニャフニャした麺も美味しいよ！」

「そ、そうか。気に入ってもらえてなによりだよ。きつねうどんはうどんの定番で、日本人のソウルフードみたいなものだからな」

レインは器用に箸を使い、幸せそうにきつねうどんを食べていた。

不意にレインが、油揚げを箸でつまみ、剛の前に差し出してくる。

「ツヨシも食べてみなよ。ほら、あーん」

「えっ？　い、いや、俺は……」

剛が戸惑っていると、すかさず風がツッコミを入れてきた。

「こ、こら、やめろ！　高岩が困ってるだろうが！」

「日本の漫画でみたよ。親しい男女はこういう事するんだよね？　ボクとツヨシは親しい仲だからなにも問題はないはずだよ」

「問題大ありだ！　やめろ！」

レインは眉根《まゆね》を寄せ、納得いかないといった顔だった。

するとそこで、静香が一口サイズにカットしたハンバーグを箸でつまみ、剛の前に差し出してきた。

「では、私があげよう。高岩、あーんしろ」

「ええっ⁉　副会長さんまでそんな……」

「静香と呼べ。ほら、遠慮しないで。私と貴様の仲じゃないか」

フフッと笑う静香に見つめられ、剛はうろたえた。

風が眉《まゆ》を吊り上げ、静香をギロッとにらむ。

「やめろ、バカ！　お前までなにやってんだ？」

「こういうのを少女漫画やアニメで見た事がある。私と高岩はそれなりに親しい仲なので問題はあるまい」

「問題しかないだろ！　フィクションと現実を混同するな！」

風が注意すると、静香は不満そうに眉根を寄せた。

そこで美礼が、なにかを思い付いたように、笑顔で言う。

「せっかくだし、ここで簡単なゲームをしましょうか。当てた人が、高岩君に食べさせてあげるというのはどう？」

「会長さん？　なにを……」

「とても簡単なゲームよ。あちらを見てみて」

美礼が差した先には、トレイを持ったままテーブルの周りをウロウロしている男子生徒の姿があった。

「彼は空いている席を探しているようね。そこで問題。ここから見て、左のテーブル、中央のテーブル、右のテーブルにそれぞれ一人分の空席があるようだけれど、彼はどの席を選ぶと思う？　三〇秒以内に答えて」

おかしなゲームを始めた美礼に、皆は戸惑いを隠せなかった。

そこでレインが呟く。

「左のテーブルにある空席が彼から一番近い。選ぶのは左のテーブルだね」

「レインさんは左ね。副会長は？」

「うーん、そうですね……中央のテーブルにある空席が、あの男からは気付きやすいのでは……中央のテーブルです」

「副会長は中央なのね。峰内さんは？」

「えっ、私もか？　そ、そうだな……右のテーブルにある空席の方が、周りは大人しそうな人間ばかりで、座りやすそうな……右のテーブルかな」

「三人で答えが分かれたわね。さて、どれが当たりなのかしら？」

美礼が愉快そうに呟き、剛と回答者の三人が息を呑《の》む。

するとそこで、黙っていた由衣がニヤリと笑い、皆に告げた。

「みんな、甘いなあ。どれもハズレだと思うよ！」

「春日さん？　どういう事？」

「あっちにある、四人掛けのテーブルに座ってる女の子。あの子がさっきから男の子の方を見てるんだよねー？　たぶん、彼はあの四人掛けテーブルに座るんじゃないかな？」

「第四の回答が出てしまったわね。正解はどれなのかしら？」

美礼が呟き、全員が男子生徒の動きに注目する。

すると四人掛けテーブルに座る女子が声を掛けて手招きし、テーブルの空席に座るよう誘導した。

男子生徒はやや照れながら、テーブルの空席に着いていた。

「あら……これはまさかの展開ね。春日さんの勝利だわ。おめでとう」

「ふふふ、やった、私の勝ちだね！　んじゃ、早速……高岩君、あーん」

「えっ？　……むぐっ」

由衣はから揚げ丼のから揚げを一つ箸でつまみ、テーブルの向かいに座る剛に手を伸ばし、彼の口にから揚げを押し込んだ。

剛は目を白黒させながらから揚げを頬張《ほおば》り、モチャモチャと噛《か》んで、ゴクンと飲み込んだ。

「高岩君、お味はどう？」

「お、美味しいです。ごちそうさまでした」

「ふふ、どういたしまして」

ニコッと微笑んだ由衣に、剛は照れてしまった。

美礼を除く三人が、ムッとして剛と由衣をにらむ。

「とんだダークホースだね。さすがはワンターンキルウインドのフレンド、彼女も普通の人間じゃなさそうだ」

「まさか春日にしてやられるとはな！　テニス部のエースだけあって侮れんな……！」

「くっ、由衣のヤツ、とんでもない真似《まね》を……つか、高岩！　普通に食べてんじゃないよ！

バカかお前は⁉」

風からギロッとにらまれ、剛はうろたえた。

「い、いや、あまりに突然な事だったのでつい……」

そこで由衣が、ニヤッと笑って呟く。

「間接キスしちゃったね、高岩君。いやー、照れるなあー」

「ええっ⁉　そ、そうなるんですか？」

「おや、私が相手じゃ嫌なの？　ショックだなー」

「い、いえ、そんな事は……光栄というか、申し訳ない感じですかね」

笑顔の由衣に見つめられ、剛は真っ赤《まっか》になった。

ムッとした風が、カツ丼のカツを一切れ箸でつまみ、剛の前に突き出してくる。

「おい、高岩。あーんしろ」

「えっ？　あの先輩、ゲームは春日先輩の勝ちで終わったんじゃ……」

「うるさいやかましい、ガタガタ言うな！　お前は私の後輩なんだから、私が与えた物だけ食べてりゃいいんだよ！　他の女から食べさせてもらってデレデレするな！」

「えー……なんだか理不尽なような……」

「いいから口を開けろ。それとも、由衣はよくて私は嫌だって言うのか？　ああん？」

風からすごい圧を受け、剛は冷や汗をかいた。

レインと静香がムッとして、それぞれ剛の前に箸でつまんだ食材を突き出してくる。

「元はと言えば、ボクがツヨシに食べさせてあげようとしたのに！　後から乱入しないでもらえるかな？」

「高岩は私の後輩であり、部活仲間でもあるんだぞ。峰内が独占するのはおかしいだろう。私のハンバーグを食べろ！」

三人に迫られ、剛は戸惑うばかりだった。一体全体、なぜこんな事になったのか。サッパリ分からない。

皆の様子を眺め、美礼が落ち着いた口調で呟く。

「なんだか愉快な事に……高岩君、意外とモテモテなの？　恐ろしい子ね」

「おかしな事を言ってないで助けてください！　会長さんのせいでややこしい事になってるんじゃないですか？」

「私は知らないわ。でも、私だけ蚊帳の外というのも寂《さび》しいわね。私も食べさせてあげましょうか？」

「え、遠慮します……」

13 満員電車

Koryaku Dekinai Mineuchi san

剛《つよし》達が通う高校は、都市の中心部から離れた郊外にある。

そのため、通学には電車やバスを利用する生徒がほとんどだった。

風《ふう》は電車を利用していて、毎朝、電車に揺られて学校最寄りの駅まで移動していた。

いつものごとく、そこそこ混んでいる車両に一人で立っていると、声を掛けてくる者がいた。

「先輩、おはようございます」

「えっ、高岩《たかいわ》？　お、おはよ……」

それは剛だった。予想外の人物の登場に風は驚き、尋ねてみた。

「お前、なんで……いつもはバスだろ？」

「うちからだと電車を使っても学校までの時間はそう変わらないので。今日は電車にしてみました」

「ふーん。ま、いいけどさ」

適当に返事をしつつ、風は周囲を見回した。

ほとんどが同じ学校の生徒で、他校の生徒が少数、会社員らしき人間が何人かいる。

見える範囲に知り合いはいないようだが、男子と二人でいるというのは少し恥ずかしい気がした。

「あ、あのな、高岩。少し離れて……」

そこで電車が駅に停車し、新たな乗客が大勢乗り込んできた。いくらか余裕があった車内のスペースが満員状態になり、風は周りから押されて、剛にくっつくはめになった。

「わ、悪い。押されちゃって……」

「こんなに混んでるんじゃ仕方ないですよ。もう少しドアの方に行きましょう」

「う、うん」

風が下がり、出入り口のドアを背にして立つ。剛は風と向き合う形になり、周りの人間から彼女が押し潰《つぶ》されないよう、壁になった。

混雑しているため、二人の距離は限りなくゼロに近かった。剛が懸命に踏ん張って、身体が接触してしまわないようにしているのに気付き、風はほんのりと頬《ほお》を染め、クスッと笑った。

「無理すんなよ。もうちょっとくっついてもいいぞ」

「い、いいえ、大丈夫です。無駄にでかい俺《おれ》とくっついたら先輩が潰れてしまいますし、それだけは回避しなければ……」

「こう見えても私は結構頑丈だから平気だよ。ほら、おいで」

「いや、でも……あっ」

そこで電車が派手に揺れ、剛は背中を押されて、風に覆《おお》い被《かぶ》さってしまいそうになった。

両手をドアに突き、風を潰さないように踏ん張る。しかし、接触は避けられず、風と正面からくっついてしまい、剛は赤面した。

「す、すみません、先輩。だ、大丈夫ですか？」

「お、おう、平気だ。お前こそ大丈夫か？」

「どうにか。しかし、すごい混雑ですね。いつもこんな感じなんですか？」

「いや、今日はいつもよりひどいな。団体の旅行客でも乗ってきたのかな？」

剛と風では身長差がかなりあるため、風は剛の胸の下あたりに顔を埋めるような状態となっていた。

風が顔を上げ、照れくさそうに笑いかけてくる。至近距離から愛らしい表情を向けられ、剛はドキッとした。

これはいかん、非常にマズイ状態だ。なるべくくっつかないように踏ん張っているのに、思わず力を抜いてしまいそうになる。

「しかし、お前はほんとでっかくて安定感あるな。私なんか、満員になるといっつも揉《も》みくちゃにされちゃうのにさ」

「先輩が揉みくちゃに……？」

不特定多数の男達に囲まれ、潰されそうになっている風の姿を思い浮かべ、剛は頭がカッとなった。

そんな状況は、到底容認できない。断固阻止しなければ。やはり電車通学に切り替えるべきだろうか。

「くっ、先輩は俺が守らなければ……！」

「……またなにか、おかしな想像をしてないか？　お前はたまによく分からない事を口走るよな……」

剛はドアに突いた両手に力を込めて、風とギリギリ密着しない状態をキープした。

気を抜くと背後からの圧力で押し潰されてしまいそうだ。正面に立つ風からは甘ったるい、いい匂《にお》いがしてきて、こっちはこっちで大変だった。

「お、おい、もう少し力を抜いても大丈夫だぞ。無理しないで……」

「……このぐらい余裕ですよ。ご心配なく」

「そうは見えないんだけど。私は平気だから、ちょっとぐらいくっついてもいいぞ」

「いいえ。俺が平気じゃないので……」

風は首をかしげ、剛を見上げて問い掛けた。

「平気じゃないって、どういう事だ？　私とくっつくのは嫌なのか？」

「嫌じゃないです。むしろ逆です」

「逆？　よく分かんないけど、嫌じゃないならくっついてもいいだろ。遠慮するなって」

「いや、遠慮とかそういう事ではなくてですね……」

そこでまた電車が派手に揺れ、背後からの圧力が増大した。

さすがに耐えきれなくなり、剛は正面に立つ風と密着してしまう形になった。

「せ、先輩……すみません……」

「あ、ああうん、平気平気。むしろここまでよくがんばってくれたな。ありがとう」

剛の胸の下あたりに顔を埋め、風が囁《ささや》く。

とてつもなく柔らかく、小柄で華奢《きゃしゃ》な風の身体と密着してしまい、剛はのぼせてしまいそうになった。

脳内で数字をカウントし、平常心を保つように努める。天国と地獄を同時に味わっているような、妙な気分だった。


やがて次の駅に電車が止まり、他校の生徒や旅行者の団体らしき人間などがぞろぞろと降りていき、車内はかなり空いている状態となった。

ようやく風から離れる事ができて、剛は大きく息を吐いた。

「はあ……な、なんとか耐えたぞ。厳しい戦いだった……」

「ふふ、大変だったな。お疲れ」

ニコッと笑い、風が呟く。少し顔が赤いが、怪我《けが》などはしていないようだ。

彼女が無事でなによりだった。剛は額の汗を拭い、笑みを浮かべた。

「私はいいけど、お前はフラフラじゃないか。だから無理するなって言ったのに」

「いえ、このぐらいなんでもないです。先輩が苦しむ姿を見せられるぐらいなら、いくらでも我慢できますし」

「無駄に格好付けるなよな……ほら、制服もクシャクシャじゃないか。そんな格好で登校したら、山賊にでも襲われたのかって思われちゃうぞ」

風が剛の制服に手を伸ばして、パンパンとはたいて皺《しわ》を伸ばし、ヨレヨレになった上着を整えていく。

剛は動かずにジッとして、風からされるままに身を任せた。

「ん、こんなもんかな。怪我とかしてないか？」

「はい、大丈夫です。やっぱり先輩は優しいですね。ありがとうございます」

「よ、よせよ、バカ。お礼を言うのはこっちだっての」

剛が薄く笑みを浮かべ、風が照れたように笑う。

そこで、すぐ真横に見知った人物が立っている事に気付き、剛と風はハッとした。

「二人でなにしてんの？　朝っぱらからイチャイチャして……」

それは風の友人、春日由衣《かすがゆい》だった。

風は目を丸くしながら、由衣に尋ねた。

「ゆ、由衣、なんでここに……テニス部の朝練があるんじゃ……」

「今日は朝練休みだったの。だから普通の時間に登校してるってわけ」

「そ、そうか。えっと、もしかして……ずっと同じ車両に乗ってた？」

風の問い掛けに対し、由衣はコクンとうなずいてみせた。

「風を見付けたと思ったら、高岩君も一緒にいるじゃない？　すごく混んでるし、声を掛けられなくて、二人の様子をずっと見てたの」

「見てたのか⁉　いや、声ぐらい掛けろよ！」

「二人の世界に入り込んでるみたいだから割り込めなくて。仕方ないから高岩君の背中をグイグイ押してたの」

「やたらと押してくる人がいると思ったら、春日先輩だったんですか？　なぜそんな真似《まね》を……」

「二人の仲を後押ししてあげようと思って」

「それで物理的に押してたのかよ！　この恋愛脳が、アホか！」

風が非難の声を上げても、由衣はヘラヘラと笑うだけだった。

「あれ、私にそんな口を利《き》いてもいいのかな？　ぜーんぶ見てたし聞いてたんですけどー。学校で言いふらしちゃおうかなあ？」

「き、汚いぞ、由衣！　私がそんな脅しに屈するとでも……」

「……もっとくっつけよ、高岩ぁ。抱き締めても誰《だれ》も気付かないぞ？」

「そ、そんな台詞《せりふ》は言ってない！　捏造《ねつぞう》するなよ！」

「胸がなくてごめんなー」

「絶対に言ってないぞ！」

由衣に冷やかされ、風は真《ま》っ赤《か》になった。

そこで剛が、由衣に告げた。

「あの、春日先輩。言いふらすのはやめてもらえませんか？　俺のせいで先輩が恥ずかしい思いをするのは困るので」

「た、高岩……いや、お前は悪くないから気にするな。少しぐらい冷やかされても耐えてみせるさ」

「先輩……」

ニコッと微笑んだ風を、剛がジッと見つめる。

由衣は笑顔を引きつらせ、呆《あき》れ返《かえ》ったように呟いた。

「えっと、言いふらすつもりなんか最初からないんだけど……お願いだから二人の世界に浸らないでもらえるかな？」

「春日先輩はああ言っていますが」

「あいつはほっとこう。一人で寂《さび》しく登校したいみたいだからな」

「ちょ、ちょっと！　仲間外れにしないでよう！」

風に仕返しをされ、今度は由衣が顔を赤くしていた。

さしもの剛も、今回ばかりは由衣の弁護をする気にはなれなかった。

EX3 風の独り言③

Koryaku Dekinai Mineuchi san

うぃーす、峰内風《みねうちふう》だ。みんな、元気にしてるか？

私はまあ、いつも通りだな。たまに後輩の男子生徒がグイグイ迫ってくるのが困りものだけど。

同年代の誰《だれ》よりもちんまい私だけど、それでもＪＫ２でハイティーンだからな。

年下の男子からすると、すっごい大人の女性に見えちゃうのかもしれない。

あいつが私の虜になっちゃうのも仕方がない事なのかもな。年上のお姉さんとして、冷静に対処してあげないと。


高岩《たかいわ》のヤツ、バス通学から電車通学に変えたらしい。

料金的にも時間的にも、どちらでもほとんど差がないとか。

とかなんとか言いつつ、あいつ、私と一緒に電車で通学したいだけなんじゃないのか？　怪しいよなあ。

ま、まあ、私は別に構わないけど？　電車での通学は知り合いがいなくて一人きりの事が多いし。

ちんまい私は、満員電車の車内で押し潰《つぶ》されそうになるのが常だったんだけど、高岩が守ってくれた。

あいつ、年下のくせに背が高くて頑丈で、めちゃくちゃ頼もしいよな。私を庇《かば》いながら周りから圧力を受けまくってるのに、微動だにしない。

本当は辛《つら》いくせに、余裕みたいな顔しやがるしさ。ちょっと格好いいかも、とか思ったりして。


そういや、生徒会主導のアンケートとかいうのがあったんだけど。

高岩のヤツ、好みのタイプの年齢はって質問に対して、年上が好みって答えたらしいな。

やっぱりなあ。そうだと思ってたんだよな。とうとうゲロしやがったか。

ずっととぼけてやがったけど、やっと認めたわけだ。それならそうと素直に言えばいいのにな。困った後輩だよ。


アダルトで大人っぽい、この風ちゃん先輩に、とてつもない大人の雰囲気みたいなのを感じてたんだろ？

ふっ、かわいいヤツめ。図体はでっかいくせに、中身はまだまだ子供なんだな。

そんなに遠慮しないで、アダルトな私に甘えてもいいのにさ。あんまりベタベタされるのは困るけど、ちょっとくっつくぐらいなら構わないんだぞ？

色々と訊《き》いてみたら、私の事を割としっかり年上のお姉さんだと思っているみたいだしな。私も年下は嫌いじゃないし、いい組み合わせなのかもしれないな。私をからかったりするのをやめるのなら、もっとかわいがってあげてもいいんだぞ？


年上枠のトップは私だとして、高岩の好みはどうなってるんだろ。

アホな生徒会副会長と、妙に仲がいいよな。あいつはすぐ脱ごうとするから、色気に惑わされてるのかも。

いや、まさかあいつも年上だから好きだったりするのか？　同じ年上として言わせてもらうがあいつはダメだろ。

ヤツは年上だからとか以前に、人としてダメだ。あんなのと仲良くしていたらおかしな性癖に目覚めちゃうぞ。

先輩として、私が高岩を守ってやらなくちゃな。

あのアホが近付いてきたら蹴《け》ってやろう。ゲシゲシ、ってな。


あと、たまに一緒にいるのを見掛けるんだけど、レインのヤツとも仲がいいみたいだな。

高岩は無駄に親切で優しいから、留学生のレインをほっとけないだけだとは思うんだけど。

まさか銀髪萌えとか、外国人好きとかじゃないよな？

あいつは年上じゃないから大丈夫だと思うけど、どうなんだろ。
英国人の美少女から仲良くされたりしたら、純情な日本人の男なんてコロッと落とされちゃうんじゃないのか？

……考えたら、ちょっと不安になってきたな。
レインのヤツを見掛けたら、それとなく注意しておこうかな。

14 クラスマッチ

本日、剛《つよし》達が通う高校では通常の授業を休止にして、クラスマッチが行われた。

クラスごと、男女別に分かれ、選択可能ないくつかの競技から選んで参加する。


剛はサッカーを選択したのだが、あっさりと負けてしまった。

同じチームだった鈴木が笑って言う。

「いやあ、惜しかったな！　もう少しだったのによ」

「そうだな。鈴木がオウンゴールを二回もやらなきゃ勝てただろうな……」

「ははは、細かい事は気にするなって！」

鈴木は笑っていたが、他のチームメイトは「なにがおかしいんだ?」「笑えねえよ鈴木」「敵より先に鈴木を倒しておくべきだった」などと呟き、鈴木をにらんでいた。

初戦で負けてしまったので、思いきり暇になってしまった。同じクラスの男子の別チームでも応援に行くかと剛が考えていると、鈴木が告げた。

「男の応援なんかしてどうするんだ?　女子を見に行こうぜ、女子を！」

Koryaku Dekinai Mineuchi san

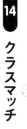

「女子を?」

鈴木はクラスの女子に嫌われているのに、応援はするのか。意外と義理堅いんだな、と剛は思った。

女子の一部は、サッカーをやっている隣のグラウンドで、ソフトボールをやっていた。

丁度、同じクラスの女子が試合中らしく、堀川恵美《ほりかわえみ》や朝霧夕陽《あさぎりゆうひ》の姿が見えた。

そして、対戦相手は、どうやら二年生のクラスらしかった。

バッターボックスの近くに立つ長身の少女を見て、剛はハッとした。

「副会長さんのクラスが相手なのか……」

それは生徒会副会長、佐々木静香《ささきしずか》で間違いなかった。いつも携行している竹刀をバットに持ち替えて、体操着姿で立っている。

素振りをしている静香を見て、鈴木が声を上げる。

「おお、副会長じゃねえか！　いいねいいね！」

「確かに、女子とは思えない鋭いスイングだな。いつも竹刀を振り回しているからか」

「そうじゃねえだろ、どこ見てるんだよ?」

「?」

「胸だよ、胸！　バットを振るたびにブルンブルン揺れまくってるだろ?」

「す、鈴木、お前ってヤツは……ちょっと声が大きすぎないか……?」

「さすがは副会長、性格はキツくてもおっぱいは最高だぜ！　あのまま一生素振りしてりゃいいのにな！　あははは！」

そこでブォン、という空《くう》を裂く音がして、なにかが飛んできた。

鈴木が慌てて下がると、彼が立っていた場所にズドン、と金属バットが突き刺さった。

「あ、あぶな！　危うく俺《おれ》の股間に直撃するところだったぞ……!?」

「チッ、外したか。……すまん、手が滑った」

「明らかに狙《ねら》って投げやがったぞ！　こえええ！」

青ざめた鈴木のところへ静香がやって来て、地面に刺さったバットをズボッと引き抜く。

静香は鈴木をギロッとにらんでから、剛に目を向けた。

「むっ、貴様もいたのか、高岩《たかいわ》……」

「ど、どうも。お疲れ様です」

「さては貴様も私の身体を観察しに来たのか!?　い、いやらしい！」

「違いますよ。同じクラスの女子を応援に来たんです」

「そ、そうか。それなら構わんが、あまり性的な目で私をジロジロ見るなよ」

なぜか少し恥ずかしそうにしながら、静香は戻っていった。

静香の打順になり、バッターボックスに入る。ピッチャーは堀川恵美が務めていて、きれいなフォームでかなり速い球を投げていた。

「ふんっ！」

静香がバットをフルスイングし、ボールをジャストミートする。打球は高々と上がり、隣のサッカーコートまで飛んでいった。場外ホームランだ。


やがて試合が終わり、1－3の女子達は疲れ果てた様子で引き揚げてきた。

恵美と夕陽が歩いてきたので、剛は声を掛けてみた。

「二人ともお疲れ。惜しかったな」

「いやあ、12対0じゃ惜しいもなにも……副会長がいなけりゃもう少しいい勝負ができたと思うんだけどね」

「あの人、全打席ホームラン打ってるしね。存在そのものが反則だわ……」

ちなみに鈴木は、「お前ら、ナイスなおっぱいだったぜ？」などと言って、女子全員からドン引きされていた。

「ギャグで和ませようと思ったのに……」と呟き、珍しくも鈴木は落ち込んでいたが、すぐに気を取り直していた。

「ま、終わったもんは仕方ないよな。エロカワイイ女子がいるクラスの試合を見て回ろうぜ！」

「鈴木はブレないな……大橋《おおはし》さんがいる女子のチームを見に行かなくていいのか？　バレー

ボールだったっけ」

「はあ？　大橋なんて見てもなあ……暇な時間にチラッと見に行ってもいいけどよ」

ややあって、次の試合を行うクラスがグラウンドにやって来た。

その中に凪《ふう》と春日由衣《かすがゆい》の姿を認め、剛は二人に駆け寄り、声を掛けた。

「お疲れ様です。先輩達もソフトボールなんですか？」

「お、おう。高岩はどれに出てるんだ？」

「サッカーでしたけど、負けてしまいました」

「マジか？　なんだよもう、知ってたら応援してやったのに……」

凪は残念そうだったが、あんなひどい試合は見られなくて幸いだったかもしれない。剛は密《ひそ》かに安堵《あんど》した。

「先輩達の対戦相手はどこのクラスなんですか？」

「えーと、確か2－1だったかな？」

「2－1？　副会長さんのクラスじゃないですか。あの人、めちゃくちゃ打つんですよ」

剛のクラスの女子が惨敗した事を告げると、凪は腕組みをしてうなった。

「あの女、スポーツ万能らしいからな。敵にヤツがいるとなると厄介だ。ちょっと挨拶《あいさつ》ついでに腕でも折ってくるか」

「先輩、それはさすがに……ああ、冗談なんですね？」

「いや、本気だけど。あのクソ女の両腕をポッキリ折ってやるよ！ ……って、ウソウソ、冗談だってば！ そんな、ヒャッハーなヤツを見るような目で見るなよな！」

風達が離れていくと、鈴木が話し掛けてきた。

「やったなおい。春日先輩と副会長の対決が見られるぞ。おっぱい対決がよぉ……！」

「お前、まだそんな事を……またバットが飛んでくるぞ」

やがて試合が始まり、風のクラスが守備に就いた。

マウンドに立っている風を見て、鈴木が怪訝《けげん》そうに首をひねる。

「うわあ、あのロリパイセン、改めて見るとほんとちっちゃいな。クラスマッチに小学生が出てもいいのか？」

「鈴木！ 先輩に向かってなんて事を言うんだ！」

剛が鈴木を注意したのとほぼ同時に、弾丸のごとき速度でボールが飛来し、鈴木の額にゴン、と命中した。

鈴木はその場で後ろ向きにひっくり返ってしまった。

「悪い悪い、手が滑っちゃった！ てへっ」

マウンドに立つ風が、笑顔で謝ってくる。風のいる位置からここまで三〇メートルはあり、
剛はゴクリと喉《のど》を鳴らした。

「この距離で正確に鈴木の額にヒットさせるとは……さすがは先輩だ」

「か、感心してないで俺を介抱してくれよ……おー、いてえ」

自業自得の鈴木は放っておき、剛は試合を観戦した。

風は小さな身体を駆使してアンダースローで投球を行い、次々と打者を三振に取っていった。

攻守交替し、一回の裏。マウンドには副会長の静香が立っていた。前の試合では外野を守っていたはずだが、ピッチャーもこなせるようだ。

静香は風に勝るとも劣らない速球を投げてみせ、あっと言う間に二人の打者を三振にしていた。

風のチームの三番打者は由衣で、静香と由衣の対決を鈴木は大喜びで観戦していた。

「うおお、すげえすげえ！　どっちも揺れまくりだぜ！　やべー、動画に撮っとくんだったな！」

「頼むから少し静かにしてくれ。俺まで仲間だと思われてしまう」

由衣は割と鋭いスイングをしていたが、静香の速球を捉《とら》える事はできず、あえなくアウト、チェンジとなった。

二回の表、バッターボックスには四番の静香が立った。バットの先をマウンドの風に向け、ニヤリと笑う。

「貴様と対決する事ができるとは。クラスマッチも捨てたものではないな……！」

「それはこっちの台詞《せりふ》だ。合法的に再起不能にしてやる……！」

二人とも、ソフトボールの試合とは思えない気迫をみなぎらせていて、これから決闘でも行うようなテンションだった。

風が速球を投げ、静香がフルスイングでバットを振る。当てるのがやっとだったようで、打球は大きくそれてファールになった。

続けて風が二球目を投げ、静香はファールにした。タイミングが合ってきているようで、次あたりは危ないのかもしれない。

そこで鈴木が、剛に尋ねてくる。

「おい、高岩はどっちを応援するんだ？　性格はキツいがエロい副会長か？　なんかこええロリパイセンか？」

風と静香が同時にピクッと反応したように見えたが、たぶん気のせいだろう。

無論、考えるまでもなく、剛の答えは決まっていた。

「先輩、がんばってください！」

「……おう！」

風が気合を入れ直し、速球を投げる。

負けじと静香は鋭くバットを振り、ボールを捉えたかに見えたが、ボールの軌道がかすかに変化して、バットは空を切った。

「なっ……ソフトボールでカーブだと……あの速球で……」

三振に打ち取られ、静香は悔しそうにしていた。


その後も風と静香の二人を中心に試合は進み、両者は一歩も譲らず、互角の戦いを繰り広げた。

やがて試合が終盤に差し掛かり、鈴木が剛に呟く。

「しかし、分かんねえな。高岩はあのロリパイセンと仲いいんだよな？　副会長でも春日先輩でもなくてよ」

「部活の仲間なんだから、親しくて当然だろう」

「お前まさか、年上好きってのはフェイクで、ロリが好きなんじゃゃ……いやでも、ロリパイセンも一応は年上だからフェイクじゃないのか？　うわー、なんか面倒くせえ！」

頭をかきむしり、鈴木が奇声を上げる。

マウンドに立つ風がこちらをにらんでいるのに気付き、剛は冷や汗をかいた。

「ロリとか言うんじゃない。失礼だし、またボールが飛んでくるぞ」

「いや、悪気はねえんだよ。ただ、背が低くてロリっぽいのは別にいいとして、俺的にはぺたんこなのがどうも……」

風がクワッと目を見開いたのを見て、剛は慌てて鈴木を注意した。

「お、おい、よせ、失礼だぞ。先輩は今のままでいいんだ」

「高岩はぺたんこの方がいいのかよ。変わってんなあ」

「そうじゃなくて……ロリとかぺたんことか関係なく、先輩は先輩らしい魅力にあふれているというか……」

「ロリパイセンらしい魅力ってなんだ？　小さくて軽いから持ち運びしやすいとか？」

「荷物扱いするんじゃない。俺が言いたいのはそういう事じゃなくて……」

そこでカキン、という音がして、見ると風の投げた速球を、バッターの静香が打ったところだった。

打球はラインの外へ、周りで観戦している生徒達の方へ飛び込み、鈴木の腹部を直撃した。

「おぐっ⁉」

「す、鈴木？　おい、しっかりしろ！」

鈴木が腹を押さえて悶絶《もんぜつ》し、剛は冷や汗をかいた。

見ると、ピッチャーの風とバッターの静香がこちらを見ていて、なぜか二人とも満足げに微笑んでいた。

「ナイスバッティング、副会長！　うるさいヤツがやっと黙ったな」

「貴様こそカットしやすい球を投げてくれたな。ナイスピッチングだ、峰内《みねうち》！」

「せ、先輩達、まさか鈴木を狙ってファールを……？　敵同士で手を組んだんですか？」

剛の問い掛けには、二人とも答えてくれなかった。

ちなみに試合は引き分けに終わり、凪と静香のチームはその後の決勝戦でも再び対戦したがやはり引き分けになってしまい、最終的には同時優勝となった。

最後まで二人の決着はつかなかったのだった。

15 大人っぽい

「クラスマッチは散々だったな。あー、疲れた」

「お疲れ様です」

クラスマッチ終了後の翌日。休みなどにはならず、普通に授業が行われていた。

なんとなくだが、学校全体に気だるげな空気が漂っているような感じがしていて、生徒は皆、疲れているようだった。

初戦で敗退した剛《つよし》などは見学ばかりだったので割と元気だったが、ずっと勝ち続けて一日中試合をしていた風《ふう》は、さすがに疲弊している様子だった。

「いつも元気全開の先輩が疲れた顔をするなんて、よほどの事ですね。ゆっくり休んでください」

「あ、ああ、うん。なんか『元気な子供』扱いされてるみたいな……気のせいか？」

「そんな事はないですよ。先輩は俺《おれ》よりもずっと大人です」

「お、おう……それはそれでピンと来ないけどな」

風があははと笑い、剛は薄く笑みを浮かべた。

「えと……どのへんが大人に見えるのか訊《き》いてもいいか？」

「あっ、はい。そうですね、たとえば……」

「うんうん、たとえば？」

目をキラキラさせて、風が期待を込めた眼差《まなざ》しを向けてくる。

剛はいつものごとく落ち着いた態度をキープしながら、密《ひそ》かに冷や汗をかいていた。

大人に見える部分の一つや二つ、すぐに思い付くと思っていたのだが、これが意外と出てこない。

しかし、「思い付きませんでした」などとは今さら言えない。剛は脳細胞をフル回転させて、この場で口にするのに最適な言葉を絞り出そうとした。

「……さり気ない仕草とか。なんとなく大人っぽいような気がします」

「なんかすっごくフワッとした答えだな……具体的な例は挙げられないって事か？」

「いえ、そんな事は……ないですよ」

「ほらまた間が開いた！　お前はほんと分かりやすいな！　つか、無理してほめなくてもいいんだぞ？」

などと言って、風は苦笑していた。

適当な事を言ってしまい、剛は申し訳なく思った。もっと心のこもった言葉を贈らなければ……。

「クラスマッチはとてもよかったです。大活躍でしたよね、先輩」

「あー、うん、まあ、それなりになー」

「体操着姿の先輩が元気に動き回る様子は見ていて楽しかったです」

「そりゃ一体どういう意味だよ⁉ 幼児を見守る親みたいな気持ちって事か？」

「いえ、そうではなくて……女子としてかわいいな、と……」

「ま、またそういう事を言う！ からかうなよバカ！ 言われ慣れてないからリアクションに困るんだよ！」

風が頬《ほお》を染め、抗議の声を上げる。

そこで剛は難しい顔をしてうなった。

「なるほど、ほめられるのに慣れていないから自覚がないわけですか……もっとほめるべきでしょうか？」

「やめろよ、お前のはほめ殺しなんだってば！」

「ほめられるのに慣れていないから、ほめられても嘘《うそ》に聞こえるわけで、それなら普段からほめて慣れてもらうべきかと……ダメでしょうか？」

「ダメとは言わないけど、遠慮しとくかな……なんかむず痒《がゆ》いし、恥ずかしいだろ？」

風の意見を聞き、剛は腕組みをして思案した。

言われ慣れていないというのも困ったものだが、逆に慣れているとしたら、普段から風をほめている人間がいる事になるわけで、それはそれで問題だ。そういう意味では慣れていないというのは安心か。

剛が悩んでいると、風がモジモジしながら呟いた。

「あ、あのさ。どうせなら、大人っぽい……は無理でも、年上っぽい事で評価してくれないか？」

「えっ？」

風の要望を聞き、剛はうなった。

大人っぽい要素を挙げるというのは無理があったので、年上っぽい要素で妥協しようという事なのか。

正直、難題だと思ったが、せっかく風が希望を口にしたのだから、ここは応《こた》えてあげなければなるまい。剛は再び脳細胞をフル回転させた。

「先輩は落ち着いて……はいないにしても、常に余裕がありますよね。そこはさすが年上の人だと思います」

「そ、そう？　ま、まあ、私は今までに様々な強敵との死闘を潜り抜けてきたからな！　多少は余裕もあるってもんよ！　あははは！」

風はほんのりと頬を染め、薄い胸を張り、ちょっと得意そうにしていた。

ちなみに死闘とはもちろんゲームの話だろう。リアルファイトなどではないと信じたい。

ともかく上手《うま》くいったぞと思い、剛は心の中でガッツポーズを取った。

「なあなあ、他には？　もっとないか？」

目をキラキラさせながら凪がおかわりを要求してきて、剛はうなった。

普通にほめてもほめ殺しなどと言って信用しないのに、年上要素をほめるのはＯＫらしい。

剛には凪の基準がよく分からなかった。

「ええと……俺が馬鹿《ばか》な事を言うと、先輩はすかさずツッコミを入れてくるじゃないですか。あれは結構、年上っぽいと思います」

「そ、そうか？　ツッコミが年上っぽい……なるほどなあ。確かに、同い年の女子には無理かもなー！　ふふふ」

正直、苦しいと思ったのだが、これも一応、正解だったらしい。剛は胸を撫《な》で下ろした。

「なあなあ、他には？　私自身が気付いていない年上要素があるんなら教えてくれ！」

ニコニコしながら期待した目を向けてくる凪に、剛は冷や汗をかいた。

そんなかわいい顔をされても困る。なんとなくコツをつかめてきた気もするが、元々剛は口下手なので、いい感じにほめるというのは苦手なのだ。

「えーと、その……俺の服が乱れている時や汚れている時、さり気なく整えてくれたりするじゃないですか。ああいうの、年上っぽいですよね」

「そ、そっか？　あれ、言われてみれば無意識にそういう事してるな……なるほど、私が年上だから自然とそういう真似《まね》をしちゃうわけだな！　我ながらさすがだ！　あははは！」

風が喜んでくれたので、剛はホッとした。これも正解だったようだ。

だが、さすがにもうネタ切れだ。これ以上は勘弁してほしい。

「なあなあ、他には？　まだ一つか二つぐらいはあるんじゃないか？」

「……」

思わず「ありません」と答えてしまいそうになり、剛は出かかった言葉を飲み込んだ。

せっかく風が喜んでくれているのだ。ここはなんとかして期待に応えてみせなければなるまい。

なにか、なにかないのか。風を見ていて「年上だ」と感じる瞬間が……。

「ええと、その……そうだ、春日《かすが》先輩や副会長さんのような二年の先輩達とタメ口で話してるじゃないですか。ああいうのを見ると、ああ、先輩って年上なんだな、と思いますね」

「年上とタメ口で話してるから年上に見える？　なんか微妙だな……」

これはあまりよくない評価だったのか、風は首をひねっていた。

他者を引き合いに出したのはまずかったか。相対的評価より絶対的評価の方が好印象になるようだ。

そこで剛は、思い付くままに言葉を紡《つむ》いだ。

「えーと、ほら、あれですよ。なにかの弾みで俺とくっついたりする事があっても、先輩はほとんど動揺しないじゃないですか。あれなんかはさすが年上の先輩だという感じがしますね」

「えっ？」

風はキョトンとした表情を浮かべ、ハッとして叫んだ。

「そ、そうだな、うん、その通りだ！　それぐらいの事で私は動揺したりしないぞ！　なにしろ年上なので！　あははは！」

これは正解だったようで、風は得意そうにしていた。少し顔が赤いのと、目が泳いでいるのが謎《なぞ》だが、悪くない反応だ。

剛は笑みを浮かべ、軽い口調で風に尋ねてみた。

「さすがですよね。もしかして、俺にハグされるぐらいなら平気だったりするんですか？」

「……それは無理」

「えっ？」

「い、いやまあ、別に平気だけれども、道徳的にどうよ、って話だよ。よくないだろ、そういうの」

「なるほど、そうですよね。先輩が平気なら毎日挨拶《あいさつ》ついでにハグするのもありかと思ったんですが、少し非常識でしたね」

「そんな事を考えてたのか⁉　非常識にもほどがあるだろ！」

風が叫び、小声で「危なかった……」と呟いていた。

言いすぎたかと思い、剛は弁解しておいた。

「あの、決して先輩にセクハラしたいとかそういうつもりじゃないので、誤解しないでください」

「お前がそんな真似をするようなヤツじゃないのは分かってるけどさ。冗談もほどほどにしろよ」

「すみませんでした。よく考えたら、そんな真似をしたら俺の方が平気じゃないですし、自爆するようなものですよね」

「平気じゃないの？　ふーん……」

「えっ、なんですか？」

「ベーつにぃ？　なんでもないですよーだ」

「？」

16
恐怖の狩人

剛《つよし》達が通う高校は郊外にあるため、生徒の多くは通学にバスや電車を利用している。

入学当初、剛はバスで通学していたのだが、最近は電車に切り替えていた。

剛の家からだと、バスでも電車でも大して時間や費用が変わらないというのも理由の一つだったが、最も大きな理由は……。


「少し遅くなりましたね、先輩」

「うちの高校、ド田舎にあるからな。三〇分に一本しかない電車を逃すと帰りも遅くなっちゃうんだ」

「なるほど」


部活を終えた剛と風《ふう》が学校最寄りの駅にたどり着いたのは、丁度上りの電車が出た後だった。

剛達は駅のホームへ向かい、次の電車を待つ事にした。

下校時間はとうに過ぎているため、ホームには同じ学校の生徒の姿はほとんどなかった。郊外の駅という事もあって、一般の利用者は極めて少なく、ホームは閑散としていた。

剛と風は並んでベンチに腰掛けた。周りを見回してみると、かなり離れた場所に数人の生徒が一人ずつポツポツと立っているだけで、ほとんど貸し切り状態だった。

「男女のペアなのは俺《おれ》と先輩だけみたいですね」

「そ、そうだな。まあ、こういう事もあるだろ」

「カップルだと思われたりしませんかね？」

「ぶほぉっ⁉」

風は吹き出してしまい、慌てて呼吸を整えてから、ジロッと剛をにらんだ。

「お前ってヤツはまたサラッとそういう事を言う！　やめろって言ってるだろ！」

「単に疑問に思っただけです。俺と先輩の事を全然知らない第三者から見て、カップルに見えるのかな、と。どう思いますか？」

「い、いや、どうと言われても……」

剛が真面目《まじめ》な顔で問い掛けると、風は戸惑っていた。

目を泳がせつつ、うんうんうなって考え込み、やがて風は答えた。

「あ、あれだ。姉と弟に見えてたりするんじゃないかな……」

「姉弟ですか。なるほど、それはそれでありですね」

「ありなの⁉　それだけはないって言うと思ったのに！」

まさか肯定されるとは思わなかったらしく、風は目を丸くしていた。

剛はいつものごとく平然として、風に告げた。

「先輩が年上なのは事実ですし、おかしくはないでしょう。弟の方が身体が大きい姉弟なんて珍しくもないですし」

「そりゃまあそうだけどさ。弟に見られるのは嫌じゃないのか？」

「嫌ではないですね。むしろ兄だと思われたら困ります」

「私が妹じゃ嫌か？」

「先輩が妹……？」

少し考えてから、剛は呟いた。

「悪くはない気がします。きっと俺は甘やかすでしょう。そして『兄貴、キモイ！』とか言われてしまうんです。うん、悪くないですね」

「お、お前、ちょっとキモイぞ……」

剛は軽い冗談のつもりだったのに、風はドン引きだった。冗談には聞こえなかったのかもしれない。

しばらくして、ようやく次の上り電車が駅に到着した。

時間が遅いからか、車内はガラガラだった。他校の生徒も、一般の利用客も見当たらず、またまた貸し切り状態だった。

誰《だれ》も座っていないシートに二人で並んで座る。電車が動き出してから、剛は風に告げた。

「もう遅いですし、家まで送りますよ」

「いや、いいって。うちは駅から結構遠いしさ」

「ですが、女の子の先輩を一人で帰すわけには……『家を知られるのが嫌だ』というのなら、近くまででいいですから」

「別に嫌じゃないけど……気を遣いすぎなんだよ」

剛は単に風の事を心配しているだけなのだが、大げさだと思ったのか、風は苦笑していた。

ふと、なにかを思い出したように風が言う。

「そう言えばさ、最近、駅の近くに出るらしいな。知ってるか？」

「いえ。出るって、痴漢かなにかですか？」

「それがさ。カップル狩りらしいんだ」

「カップル狩り？」

風はうなずき、説明した。

「高校生のカップルを見付けるなり、竹刀を振り回して追い掛けてくるヤツがいるらしいんだ。中学生以下や、大学生以上は対象外で、高校生のカップル限定で襲うんだって。ヤバいのがいるもんだよな」

「なんですかそのイカれたヤツは……警察は捕まえないんですか？」

「追い掛けられたってだけで、怪我《けが》人なんかはいないらしいからな。そのぐらいじゃ警察も動けないんだろ」

「そんなのがいるんじゃ、ますます先輩を一人で帰すわけにはいきませんね。送りますよ」

「いや、大丈夫だって。襲われるのはカップルなんだからさ、一人なら安全だろ」

「ですが……」

電車は途中から地下に潜り、そこからは地下鉄になる。やがて二人が降りる駅に到着した。

ホームに降りて、改札を抜け、地上に出る。いつもならここで別れるのだが、剛は風を彼女の家まで送るつもりでいた。

「高岩《たかいわ》の家は方角が違うだろ。無理に送らなくてもいいってば」

「しかし、先輩が人さらいにあったり、異常者に追い掛け回されたりしたら大変ですし……」

「大丈夫だってば。忘れてるかもしれないけど、私はゲーム以外でも強いんだぞ。相手が武術の達人とかじゃない限り負けないよ」

「ですが、達人クラスの人さらいや異常者に襲われる可能性も……」

「ないよ！　どんだけ心配性なんだお前は⁉」

二人が揉《も》めていると、そこへどこからか、フラリと……妙な姿をした人物が歩いてきた。

そこそこの長身に、古着っぽいややくたびれた感じのショートコートを羽織っている。

顔にはホッケーマスクを被り、その手には竹刀を握り締めていて、見るからに不審人物といったいでたちだった。

謎《なぞ》の人物は、ブツブツとなにかを呟いていた。

『リア充ってのはよぉ、この世から消えるべきだよなあ……特に公共の場でイチャイチャしまくって、見せ付けてるような連中はよぉ……ぶっ殺されても文句は言えねえよなあ……』

フラフラと歩いてくる不気味な不審人物の存在に気付き、風はギョッとした。

「お、おい、なんか変なのがいるぞ！　なんだあいつ？」

『ジェイソンの仮装でしょうか？　ちなみに『13日の金曜日』のジェイソン・ボーヒーズがホッケーマスクを被るのは、シリーズ三作目の後半からなんですよ」

「そうなのか？　変な事に詳しいんだな」

二人が話していると、ホッケーマスクの人物がゆっくりと接近してきた。

「な、なんか、こっちに来るぞ！」

「もしかして、あいつがさっき話していたカップル狩りなんじゃないですか？」

「いやでも、高校生のカップル限定で襲うって噂《うわさ》だぞ？　私とお前は……あれ、高校生の男女だな？　って事は……」

「カップルだと思われたという事でしょうか？　なるほど、これで『俺と先輩が第三者からはどういう関係に見えるのか』という疑問が解消しましたね」

「そんな事を言ってる場合か⁉」

竹刀を振り上げ、謎の怪人物が襲い掛かってくる。

颪はヒッ、と息を呑《の》み、慌てて剛の手を引き、その場から逃げ出した。

「先輩、余裕で倒せるって言ってませんでしたっけ？」

「い、いや、ああいうホラーっぽいのはちょっと……素手で倒せるか分かんないし……うわわ、追い掛けてきたぞ！」

「逃げましょう。あれがもしも本物のジェイソンなら、不死身の化け物です。肉体を粉微塵にされてもすぐに復活してきます」

「すごいなジェイソン！　ターゲットにされる側としては嫌すぎるけど！」

颪に手を引かれ、剛は怪人から逃げた。

まさか本物のジェイソンなわけはないと思うが、まともな人間ではないのは間違いないだろう。ここは逃げるのがベストだ。

「ほ、ほら、もっと急げ！　追い付かれるぞ！」

「俺が囮《おとり》になりますから、先輩は逃げてください！」

「バカ、お前を置いて行けるわけないだろ！　一緒に生き残るんだ！」

『イチャイチャしてんじゃねえぞ！　カップルは死ね！』

謎の怪人はかなりしつこかったが、通行人の通報を受けた警察官がパトカーで駆け付けると、慌てて走り去っていった。

どうにか無事に危機を乗り切り、剛と風は笑い合ったのだった。

翌朝、教室にて。

「……鈴木。悪い遊びはほどほどにな」

「は、はあ？　な、なんの事なのかサッパリだぜ……」

17 シュレディンガーの○○

「ここだけの話だが、俺《おれ》はでかいおっぱいが大好きでな」

「……教室でなにを言ってるんだ、鈴木？」


教室にて、自習時間。

真面目《まじめ》に自習のプリントをやっていた剛《つよし》のところに鈴木が来て、そんな事を言ってきた。

周囲の席に座る女子達にもしっかり聞こえたらしく、彼女達は汚物を見るような目で鈴木をにらんでいた。

「巨乳ってのはよ、男のロマンなんだ。高岩《たかいわ》にも分かるだろ？」

「いや、悪いが俺にはよく……」

「そういや、お前はロリパイセンと仲がいいんだっけ。つー事はまさか、ちっぱい派か？」

「そんな派閥に入った覚えはない。あと先輩の事を妙な呼び方するな」

剛はムッとしたが、悪い意味でマイペースな鈴木はニヤニヤするだけだった。

「でも、朝霧《あさぎり》や堀川《ほりかわ》はでかい方だよな。つまりお前はどっちもいける口なのか？　おっぱいのオールラウンダーってわけかよ！」

「人を勝手に妙な性癖にしないでくれ。俺はそんなのに興味はないんだ」

「おっぱいに興味がないだと？　嘘《うそ》をつけ！　そんな男がいるわけねえだろ！　草食系でもアピールしてやがんのか、この野郎！」

「落ち着けよ。そういう事を大声で言ってるとまた……」

そこへ巨大な影が現れ、鈴木の頭をガシッとつかみ、持ち上げた。

「こら鈴木！　大声で馬鹿《ばか》な事言って、馬鹿じゃないの⁉」

「げっ、大橋《おおはし》！　や、やめろ、放せ！　ひいいいい！」

大橋に吊り上げられ、鈴木は悲鳴を上げた。

まさに吊られた男《ハングドマン》だな、と思いつつ、剛は大橋をジッと見てから、鈴木に小声で囁《ささや》いた。

「大橋さんはかなり大きいと思うんだが……そのへんはどうなんだ、鈴木」

「まあ、確かにな。このイケメン女は身体がでかいだけじゃなくて胸もでかいから、そこはすばらしいと思う。だがな、コイツは女らしさの欠片《かけら》もない暴力の権化だから、いくら胸がでかくても台無しで……いてててて！」

「誰《だれ》が暴力の権化なのよ⁉　胸がどうとか、いやらしい！　あの世で反省しろ！」

「よ、よせ、首がもげるもげる！　ひいいいい！」

大橋に頭を引っこ抜かれそうになり、悲鳴を上げる鈴木を眺め、剛は納得したようにうなずいた。

「先輩、実は今日……いいえ、なんでもないです」

「なんだ？　言い掛けといてやめるなよ」

　放課後、部活の時間。

　風《ふう》に話を振ろうとした剛だったが、この話題はマズイんじゃないかと思い直し、慌てて取り下げた。

「気になるだろ。話せよ」

「は、はあ。実はその、鈴木が……」

「またあいつか。どうせセクハラっぽい発言でもしたんだろ。私は気にしないから話してみ？」

「……」

　ニコッと微笑んだ風を見つめ、剛はゴクリと喉《のど》を鳴らした。

　この素敵な笑顔が、鬼のような形相に変わるかもしれない。そう思うと震えが止まらなかった。

　慎重に、言葉を選びながら話してみる。

「そ、その、鈴木が言うにはですね。大きな胸は、男のロマンだと……」

「ほほう、なるほどなあ。男のロマンと来たか……ふふふ、愉快なヤツだな、あいつは」

風はクスッと笑い、立ち上がった。

「鈴木は今どこにいる？　居場所を教えろ」

「せ、先輩？　鈴木に会ってどうするつもりなんですか？」

「決まってるだろ？　二度と馬鹿な事が言えないように、身体に叩《たた》き込《こ》んでやるんだよ。小さき者の怒りってヤツをなあ……！」

目つきが人殺しのそれになっている風に、剛は寒気を覚えた。

部屋を出ていこうとする風の前に立ちふさがり、彼女の肩を押さえて訴えてみる。

「お、落ち着いてください。さすがに殺しはマズイですよ！」

「安心しろ、命までは奪わないから。しばらく入院するかもしれないがな」

「暴力はよくないですよ。先輩みたいなかわいらしい人にそういうのは似合いません」

「ばっ……お、お前はまたそんな……か、かわいらしいとか言うなよな！　どうせそんな事思ってないくせに！」

「いえ、先輩は普通にかわいらしいでしょう。少なくとも俺はいつもそう思って見ていますよ」

「あ、あうう……」

風は真《ま》っ赤《か》になり、顔を伏せてしまった。

照れている先輩は最高にカワイイなと思いつつ、剛は落ち着いた口調で告げた。

「鈴木の事は謝りますので許してあげてください。先輩の事をロリパイセンとか言っていたので、厳しく注意しておきましたし」

「んな事言ってやがったのか⁉ あの野郎、ナメてやがるな……！」

「俺の事を『ちっぱい派か』などと言っていましたが、意味不明ですね」

「それって遠回しに私をディスってるよな⁉ やっぱりボコッてやった方がよくないか？」

再び怒りをあらわにした風に、剛はあせり、彼女の細い肩を軽く撫《な》でてなだめた。

「落ち着きましょう、先輩。胸が大きいとか小さいとか、実に些細《ささい》な問題です。そんな事で評価するなんて間違っています」

「まさに小さい問題だってのか？ そうかもしれないけど、小さい小さい言われて馬鹿にされるのはむかつくんだよなあ。私の場合、胸以外のなにもかもが小さいしさ」

「いいじゃないですか、小さくて。おかげで先輩のかわいらしさにブーストがかかってるんですから。今すぐお持ち帰りしたいぐらいですよ」

「そ、そうなの⁉ お持ち帰りされるのは、ちょっと困るなあ……」

風は頬《ほお》を染め、モジモジしていた。どうやら怒りは収まったようで、剛は胸を撫で下ろした。

「高岩は、大きなおっぱいにロマンを感じないのか？」

「感じませんよ。そもそも意味が分かりませんし……なにをもってロマンというのか、ロマンとはなんなのかという話ですよ」

「なんだか哲学的だな。人はなぜ、おっぱいにロマンを感じるのか……そこにおっぱいがあるからか？」

「山登りの話ですか？　なぜ山に登るのか、それはそこに山があるからという……」

「おっぱいを山にたとえたわけか。私はほとんど平地だけどなー……って誰の胸が平野部だ！　これでも多少は盛り上がっとるわ！」

風はなぜか自分で自分の発言にキレていた。これもノリツッコミというのだろうか。

剛がぼんやりと眺めていると、風はハッとして自分の胸部を両手で押さえ、剛をジロッとにらんだ。

「お前今、本当に盛り上がりがあるのか目視で確認しようとしただろ！」

「えっ？　いえ、別にそんな……先輩が言うからにはきっと事実なんでしょう。疑ってなんかいませんよ」

「ほんとか？　胸があるなんて言われても信じられないから見せてみろ、とか言い出すんじゃないのか？　いやらしい！」

「めちゃくちゃですね。俺がそんな事言うわけないじゃないですか」

剛は冷静に否定したが、風は疑いの眼差《まなざ》しだった。

どうも胸の話になると風は過敏になるようだ。そこまで気にしているのだろうか。

「くそう。背が低いのは仕方ないにしても、胸だけでもそれなりにあればな……年下からロリ扱いされる事もないのに」

「元気出してくださいよ。先輩って、外見はともかく、中身は結構大人じゃないですか」

「外見はともかく？」

「そこはスルーしてください。要は中身ですよ」

すると凪はうんうんとうなり、なにか閃《ひらめ》いたようにハッとした。

「つまり、脱ぐとすごい、的な？　そういう方向で行くべきって事なのか？」

「いえ、俺が言ってる中身というのは内面的な事で……それに先輩が言っているヤツは『脱ぐとすごい』という事実があって初めて成立する話だと思うんですが……」

「ふっ、そんな事ぐらい分かってるさ。だがな、高岩。逆に言うと『脱がなきゃ事実は分からない』という事にならないか？」

「なっ……せ、先輩、まさか……！」

ある事が脳裏に浮かび、剛は冷や汗をかいた。

そんな剛の考えを肯定するかのごとく、凪はニヤリと不敵な笑みを浮かべてみせた。

「今後、私は『脱ぐとすごい』という事にしておこう。脱がなきゃ分からないんだから、誰も否定のしようがないよな？」

「で、ですが、それはあまりにも危険なんじゃ……それに体育なんかの着替えの時に同じクラスの女子にはバレバレじゃないですか」

「なるべく目立たないように着替えるさ。そしてさらに、密《ひそ》かに工作を行う」

「こ、工作？」

「最近のパッドはよくできていると聞く。少しずつ増量していけば、私が成長したように見えるに違いない。どうだ、完璧《かんぺき》な計画だろう？」

薄い胸を張り、得意げに語る風を見つめ、剛はゴクリと喉を鳴らした。

本気で言っているのだろうか。剛に打ち明けたのは、それだけ信用してくれているからだと思いたいところだが。

「シュレディンガーの猫ならぬ、胸というわけですか。証明できない以上、どうとでも仮定できるという……」

「ああ、そうとも！　今日から私は隠れ巨乳キャラって事にしてやるぞ！　ふははははは！」

「……」

眉間を指で押さえて目を閉じ、少し考えてから、剛は風に告げた。

「やめましょう、先輩。そんな真似《まね》をして、周囲に嘘だとバレたら、大変な事になりますよ」

「バレなきゃいいんだよ！　たとえバレても失うものはないさ！　元からなにもないから……ってやかましいわ！」

セルフツッコミをする風を真顔で見つめ、剛は淡々と語った。

「まず、間違いなく春日《かすが》先輩にはソッコーでバレますよ。面白《おもしろ》がって黙っててくれるかもしれませんが」

「うっ……！ ま、まあ、由衣《ゆい》にはバレても別に……」

「同じクラスの女子にもきっとバレるでしょうし、男子にもバレるかもしれません。そして二年の皆さんは先輩に気を遣って、気付かないフリを……毎日、不自然に大きくなっていく先輩の胸について、見て見ぬふりする事を強いられるわけです」

「そ、それはちょっと嫌かも……」

クラスの皆から見て見ぬふりをされる様子を想像したのか、風は顔を引きつらせた。

幼い顔を引きつらせた先輩もたまらなくカワイイなと思いつつ、剛は告げた。

「『脱ぐとすごい隠れ巨乳キャラ』なんて成立しません。現実と向き合いましょう、先輩」

「い、いや、そこまで言われるとなんかなあ……もうちょっと優しく注意してくれよ……」

「優しく……先輩は今のままでも十二分に魅力的なので余計な属性を付け足す必要はない、とか？」

「お、おう……ちょっと言いすぎだと思うけど、それならいいかな？」

頬を染め、ニコッと笑う風。もうおかしな計画を実行しようとはしないだろうと思い、剛は胸を撫で下ろした。


翌朝。

「おはようございます、せんぱ……い？」

「お、おう。おはよう」

いつもよりも明らかに胸部が盛り上がっている風を見て、剛は頭を抱えたのだった。

EX4 風の独り言④

ちぃーす、峰内風《みねうちふう》だ。ゲームばっかかしてないで勉強もしなくちゃダメだぞー？

などと、たまにはお姉さんっぽい事を言ってみたりして。

ヤバイな、これ以上アダルトになっちゃったら、大変な事になるぞ。

高岩《たかいわ》とか、私が声を掛けただけでのぼせてしまって、鼻血を噴いてしまうかもな。

そいつは大変だ。R18指定になったらマズイし、アダルトになるのはほどほどにしておくか。


先日、毎年恒例のクラスマッチがあった。

高岩はサッカーだったらしいんだけど、すぐ負けて終わっちゃったとか。

なにやってるんだか。もうちょいがんばれよな。言ってくれれば応援してやったのにさ。


私はソフトボールに参加して、それなりに活躍した。

こう見えても結構やるんだぜ。意外だろ？　ふふふふ。

対戦相手のチームには、例の生徒会副会長がいやがった。

ヤツを倒すチャンス到来！　ソフトボールの代わりに砲丸投げ用の鉄球を投げてやろうかと思ったけど、やめておいた。

反則で物理的に潰《つぶ》すよりも、マジで負かしてやって、精神的に叩《たた》き潰してやった方が効果的だろうからな。

結局、勝負はつかなかったけど。まあ負けてないからよしとしとくか。


それはさておき、高岩のヤツ、やっぱり私の事をアダルトなお姉さんだと思っているみたいだな。

どこが年上っぽいのか訊《き》いてみたら、びっくりするほど沢山の事例を挙げてきた。

たまにロリ扱いしてきたりするから、もしかして年下と勘違いしてるんじゃないかと思ったが、そうではないらしい。

なんだよもう、だったらもう少し素直に、年上扱いしろよなー？

さては照れてやがるんだな？　困ったヤツだよな。


高岩が電車通学に切り替えたので、行きも帰りも一緒になる事が多くなった。

帰りは部活が終わってからになるから、周りにいる生徒の数は極端に少なくなる。

ほとんど二人きりで下校する事になったりして……なんかこれ、まずくないかな？

高岩のヤツが「カップルに見えますかね」とか言い出すし。
そ、そんなわけないだろうによー、アホか！
ほんと、あいつはとんでもない事ばっか言うよな。
大体なあ、私と高岩じゃ、カップルというよりも姉弟にしか見えないだろ。
当然、私が姉で、高岩が弟だ。そうに決まっている。異論は認めないからな！

そうそう、実は、つい最近になって判明した事なんだけど。
なんと、私は、脱ぐとすごいらしい。
びっくりだよな。自分でもまったく気付かなかったのにさー。
隠れ巨乳ってヤツ？　服の上からだと平らにしか見えないのに不思議だよな。
私ってば着やせするタイプだったらしい。いやあ、参ったなあ……。
高岩からすごく真面目《まじめ》な顔で「そういうのはやめましょう」って注意されたけど。
なんの事だろう？　着やせするのをやめろって言われても困るなあ。

18 ワードウルフ

「先輩、多人数でできるゲームをやってみませんか？」

「いいけど、なんてゲームだ？」

「『ワードウルフ』です。知っていますか？」

「あー、あれか！　テレビでやってるのを観た事あるぞ」


「ワードウルフ」は三人以上でプレイするゲームである。参加者それぞれに配られたカードに書かれたお題について語り合うのだが、その中で一人だけ違うお題が書かれたカードが配られており、それ（ワードウルフ）が誰《だれ》なのかを当てるゲームだ。

お題が書かれたカードを見るのは自分だけなので、誰が仲間外れなのかはゲーム終了まで分からない。自分が仲間外れだと思ったら、それを周りに悟らせないようにするのもありだ。

仲間外れを当てた者、もしくは仲間外れなのを指摘されずにクリアできた者が勝者となり、ポイントが付く。

「それじゃ、俺《おれ》と先輩と、あとは……朝霧《あさぎり》さん、副会長さんでやってみますか」

「はいはーい、私が出題役をやりまーす！」

「では、春日《かすが》先輩にお題の出題役をやってもらいます。後で交代しましょう」

「ふふふ、任せて！　難しいお題を出しちゃうから！」

「……由衣《ゆい》に任せて大丈夫か？　不安だな……」

由衣が無地のカードにお題を書き込み、シャッフルしてから裏向きで参加者に配る。

参加者四人は自分のカードに書かれたお題を確認し、ゲームに備えた。

「さて、それでは……お題について適当に話していきましょうか。先輩はこれについてどう思います？」

「そうだな……よくない事、かな……」

「そうですね。俺もよくない事だと思います。朝霧さんは？」

「……私もよくない事だと思う。副会長さんはどう思いますか？」

「よくない事だな！　というか、これを『いい事だ』と考えるヤツは問題あると思うぞ！」

どうやら四人とも同意見のようだった。

だが、この中に一人だけ、異なるお題を与えられている者がいるのだ。

それを当てていかなければならないわけだが……一体、誰が「ワードウルフ」なのだろうか。

「全員、『よくない事』だと考えているわけですか。では、やってみたいと思いますか？」

「私は……やりたくないな」

「私も」

「やりたくないに決まっているだろう！　高岩《たかいわ》はどうなんだ？」

「俺もやりたくないですね。『よくない事』なら同意見でも当然か……」

剛《つよし》の質問は、お題の違いを暴《あば》くのには適していなかったようだ。

風《ふう》が少し考える素振りを見せてから、皆に問い掛ける。

「知り合いや友人が、これをやっていたらどう思う？　許せるか？」

「俺は……ちょっと許せないかもしれませんね」

「私も許せない。自分に関係なくても絶交するかも」

「許せるわけがなかろう！　死刑だな！」

「私も許せないが……自分が関《かか》わっていなくても、というのは貴重な意見かもな」

風がニヤリと笑い、夕陽《ゆうひ》がハッとする。

そこで夕陽は、皆の反応を見るようにして、おそるおそる質問をした。

「あの……これって、男女の間で起こる事柄ですよね？」

「普通、そうじゃないかな。同性でもあり得るかもしれないけど」

「だよなー。同性でもあり得る？　まあ、そうかもな」

「恋愛絡みの話だな！　それは間違いあるまい！」

「ですよね。そうすると……今のところ、みんな会話が噛《か》み合《あ》っているような……？」

夕陽が首をかしげ、剛と凪はうなった。

副会長の静香《しずか》が目付きを鋭いものに変え、皆を見回しながら呟く。

「ここらで仲間外れを特定できそうな質問をしてみるか！　この事柄についてだが、具体的にどんな事をしたらそうだと言える？」

「うわ、ぶっ込んできましたね。そうですね……パートナーに内緒で会ったりしたら認定されるかも……」

「内緒は当然だろうが、下心ありならアウトかな」

「会うぐらいならセーフじゃないかと。恋人っぽい事をしたらアウトじゃないですか？」

「そうだな！　恋人に内緒でそんな事をしたらアウトだろう！　おや、みんな同じ意見なのか？」

なかなか特定できないようだ。お題を出した由衣はニコニコして、皆に質問をした。

「自分の恋人がそれをやった場合、どう思う？　ストレートな意見が聞きたいな」

「俺は、すごく嫌ですね。それまでと同じようには付き合えないかと」

「私も嫌だな。謝罪されても許せないかも」

「私は……ちゃんと反省してくれれば許してあげてもいいかも」

「絶対に許せないな！　別れるか死んでもらうかの二択だ！」

感想は様々だが、同じお題について言っているようにも思える。

もっと決定的な違いを出せる質問はないものか。剛は悩んだ。

「このお題に近い、でも違う事柄を語っている人がいるわけか……このお題に近い事柄ってなんだろう？」

「高岩が受け取ったお題が仲間外れって可能性もあるぞ？　うかつな事は言わない方がいいんじゃないか？」

「そうですけど、今の状態では違いが分からないですし……なにかあぶり出す方法は……」

剛が悩んでいると、風が呟いた。

「んじゃ、もうちょい踏み込んでみるか。付き合っている男女の間で生じる問題だとして……男女のどちらかが、第三者になにかする事だよな？」

「そうですね。それで間違いないです」

「え、ええ。そうだと思います」

「どちらかが、誰かになにかをする……そうなるのか？　よく分からんな」

剛はうなずき、夕陽はやや戸惑いながら肯定し、静香は首をかしげた。

三人の反応を見て、風はニヤリと笑った。

「少し絞れてきたかな。一人は違うようだし」

「みたいですね。俺にも分かってきました」

風と剛がうなずき合い、夕陽は戸惑い、静香は首をひねっていた。

「はい、終了です！　みんな、ワードウルフだと思う人を指で差してね。せーの、はい！」

由衣が終了を宣言し、参加者全員が慌てて仲間外れだと思う人間に人差し指を突き付ける。

剛と凪は静香を差し、夕陽は凪を、静香は夕陽を差していた。

「カードをオープンしてね！　ワードウルフは……副会長さんでした！」

「私だったのか⁉　むうう……」

剛、凪、夕陽のカードには『浮気《うわき》』と書かれていて、静香のカードには『寝取られ』と書かれていた。

「やっぱり副会長さんでしたね。微妙に違ってる感じでしたし」

「だよなー。ただ、朝霧さんもちょっと怪しかったんだよな。なんで私だと思ったんだ？」

「私は、自分が仲間外れじゃないかと思って……自分以外だと、妙に自信満々な峰内先輩かなあって」

「くっ、まさか私だったとはな！　朝霧が自信なさそうだったので怪しいと思ったのだが……」

負けを認めた静香は、上着を脱いだ。

「副会長さん⁉　脱ぐ必要はないんですよ！」

「明らかに私の負けだろう。ペナルティとして脱ぐのは当然だ。お前達も負けたら脱げよ」

「そういう独自ルールはやめてください。この部の悪い噂《うわさ》が立ったらどうしてくれるんですか」

「んじゃ、二回戦いくよ！　次はもっと分かりやすいのにしてみようかな」

由衣がカードになにかを記入し、適当にシャッフルしてから裏向きで四人に配る。

カードに記入された単語を確認し、四人はそれぞれうなった。

「これはどうなんだろ……下手な事を言えば一発で違いが分かってしまいそうな……」

「由衣の事だ、簡単には当てられない単語にしてあるはずだぞ。えーと、これは……生き物、だよな？」

「は、はい。それは間違いないと思います」

「生き物で間違いないぞ！　さすがにそんな違いはぶっ込んでこないだろう！」

由衣はニコニコと笑っていた。

皆の様子をうかがいながら、剛は質問をしてみた。

「ええと、これは……固有名詞、ですよね？」

「そうだな。固有名詞だよな」

「でしょうね。間違いないと思う」

「固有名詞だな！　少し慎重すぎないか？　そんな質問では特定できないぞ！」

静香に指摘され、剛がバツが悪そうにぎこちない笑みを浮かべる。

そこで凪が、皆に告げた。

「一か八か、自滅覚悟の質問行くぞ！　これって……人名だよな？」

「は、はい。人名ですね」

「よかった、そこは同じだったんだ。はい、人名です」

「人名だな！　なんだ、みんな同じか！　一人だけロボットや怪獣の名前だったら分かりやすかったのに！」

全員、同じだったようで、風は胸を撫《な》で下ろした。

そこで出題者の由衣が、ニヤリと笑って言う。

「さて、それでは……その人名って芸能人だよね？」

「……は、はい」

「芸能人だな、うん」

「そ、そうですね」

「間違いないぞ！　なんだ、みんなそうなのか？」

顔を見合わせる四人を眺め、由衣は楽しそうに告げた。

「うん、実はそういう事なの。全員、芸能人の名前が書いてあるカードなのです！　早い話が、一人だけ違う芸能人の名前なんだよね」

「そういう事ですか。芸能人縛りなんですね」

「うーん、それはそれで難しいな。ジャンルの違う芸能人ならすぐ特定できそうだが」

そこで夕陽が、意を決して皆に告げた。

「あの……これって、歌手の名前ですよね？」

「……歌手だな。間違いないよ」

「うん、歌手だよな」

「歌手だ！　なんだ、ここまで同じなのか？　そうすると、異なる歌手の名前を書いたカードを持っている人間をあぶり出さなければならないのか……」

皆がうなり、次の質問をどうするのか悩む。

そこで出題者の由衣が四人に告げた。

「はい、ここで大ヒント！　歌手だけど、三人のと一人のとではまったくジャンルが違う歌手だったりします！　演歌とロックぐらいにね！」

「ジャンル違いですか。なるほど」

「下手にジャンルを口にすると一発でバレちゃうわけか。特定するのは難しそうだな」

「ええっ？　だったら、何を質問すれば……」

すると静香がニヤリと笑い、皆に告げた。

「個人かグループ、どちらだ？　高岩から答えてもらおう！」

「そ、それは……こ、個人です」

「私も個人だな」

「私もです。よかった、同じなんだ」

「むう、これで特定できると思ったのに……いや、嘘《うそ》を言っているヤツがいるかもしれないな」

そこで夕陽が皆の様子をうかがいながら、ポツリと呟いた。

「性別はどうなのかしら？　男か女、どっちなの？」

「俺のは……女の人だな」

「私のも女だな」

「私も女だぞ。なんだ、これも同じなのか？」

なかなか特定できないでいると、風が呟いた。

「ここらで特定しちゃおうか。この歌手のヒット曲で……劇場版アニメの主題歌があるよな？」

「げ、劇場版アニメですか？　えーと、どうだろ……たぶん、あるんじゃないかと……」

「ありますね。間違いないです」

「あったな！　私も知っているぞ！」

そこで由衣が、皆に告げる。

「はい、終了！　それじゃ、ワードウルフだと思う人を指で差してね！　はい、どうぞ！」

剛は風を指し、風と夕陽と静香は、剛を指した。

「カード、オープン！　ワードウルフは……高岩君でした！」

風達三人のカードには『荒井由実』、剛のカードには『宇多田ヒカル』と書いてあった。

「俺がワードウルフだったのか……最後の質問で特定されたんでしょうね。参ったな……」

うなだれた剛に、出題者の由衣が笑顔で言う。

「そこは自信満々に『ある』と答えるべきだったね。ちなみに、劇場版アニメの主題歌を歌ってるよ。あの有名な『新世紀エ〇ァ〇ゲ〇オン』新劇場版のね！」

「知りませんでした……あんまりその歌手やアニメに詳しくないので……」

剛の一人負けとなってしまい、剛は落ち込んだ。

すかさず静香が、淡々と呟く。

「高岩の負けだな。では、脱いでもらおうか？」

「お、俺がですか？　仕方ないですね。それでは、潔く脱ぎましょう……！」

なんの躊躇もなく上着を脱いだ剛に、風は顔色を変え、夕陽が赤面した。

「お、おいバカ、やめろ！　部長のお前が脱衣ルールを認めちゃダメだろ！」

「高岩君、意外と大胆なのね……やだ、ちょっとドキドキしちゃう……」

「朝霧さんもなにを言ってるんだ⁉　裸族どものおかしな空気に飲まれちゃダメだ！　しっかりして！」

風としては、ゲームの勝敗よりも、脱衣ルールが浸透してしまいそうな事の方が気がかりだった。

上着を脱いだ状態で胸を張り、どこか得意そうにしている剛と静香の大胸筋と胸のふくらみを見て、風は眉根《まゆね》を寄せたのだった。

「く、くそう。どいつもこいつも胸囲を見せ付けやがって……むかつくな……」

「胸囲だけに脅威というわけですか。さすがは先輩、キレッキレですね！」

「うるさいバカ！　この野郎、お前の胸を揉《も》んでやる！　オラオラオラオラァ！」

「や、やめてくださいよ！　……うっ」

「気持ちよさそうな顔をするな！　アホか！」

19 目線の高さを合わせて

帰りのＳＨＲ《ショートホームルーム》が終わり、放課後になると、剛《つよし》は急いで教室を飛び出した。

ここのところ、風《ふう》が遅れて部活に来る事が多かったので、彼女のクラスまで迎えに行くようにしているのだ。

階段を上がり、二年の教室が並ぶ三階へ向かう。階段を上りきったところで、声を掛けられた。

「よう、後輩」

「あれ、先輩？　もう終わったんですか」

廊下の角に、やたらと小さくて髪の長い少女、峰内《みねうち》風が立っていた。

驚く剛を手招きして、風は呟いた。

「お前が来る前にと思って、ダッシュで教室を出たんだよ。毎日毎日、呼びに来られたんじゃたまんないし」

「なにかまずかったんでしょうか？」

「それは……その、あるだろ、色々と。毎日、男が呼びに来るとか、勘違いするヤツがいるかもしれないし……」

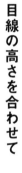

風は頬《ほお》を染め、言いにくそうにしていた。

剛は首をひねり、ポツリと呟いた。

「俺《おれ》と先輩が付き合ってると思われるかもしれないって事ですか？」

「ま、まあ、そうかな……ありえない話だとは思うけど」

「そうですね。俺なんかじゃ先輩と釣り合いませんし」

「はあ？　別にそんな事は……な、ないんじゃないの？」

どこか歯切れの悪い風に、剛は苦笑した。

「いいんですよ、気を遣ってくれなくても。俺みたいな凡人と先輩みたいな人とじゃ、釣り合いなんか取れるわけないですし」

「いやお前、なに言ってんの？　私を貴族かなにかと間違えてるのか？」

「そうじゃなくて、ほら、先輩はロリかわいいじゃないですか。だから……」

「やめろ！　一応ほめてるつもりなんだろうけど、年上に向かってロリはないだろ！　そこは訂正しろよ！」

「えー……」

「なんで不満そうなんだよ？　失礼なヤツだな」

話しながら並んで歩き、連絡通路を通って部室のある専門棟へ。

二人は身長差がかなりあるため、互いに目を向ける際、剛は見下ろし、風は見上げる必要があった。

「……お前、ほんとでっかいな。山のようだ……」

「すみません、無駄に背だけ高くて。目障りですか？」

「目障りって事はないけどさ。その身長を一〇センチでいいから私によこせ」

「俺は構いませんけど、どうやって身長を奪うんですか？」

すると風は、サッと身構えて、左手に持った手札から右手でカードを引き抜くような動作をした。

「私のターン、ドロー！　即効魔法、『リーチ強奪』を発動！　敵モンスターの身長を一〇センチマイナスし、プレイヤーの身長にプラスする！」

「俺は敵モンスター扱いなんですか？　ひどい……」

専門棟に入り、階段を下りて一階へ向かう。

階段の途中で風は足を止め、剛に告げた。

「ストップ！　そこで止まれ」

「？」

風より数段下の位置で剛は足を止めた。

振り返ってみると、そこには風の顔があった。

「あっ、先輩と目の高さが同じに……！」

「ふっ、どうだ！　これでお前と私の身長差はなくなったぞ！　今この瞬間だけは対等というわけだな！」

階段の高低差を利用して、風は剛と目の高さを合わせていた。

いつも下の方にいる風と目を合わせ、剛は妙な気分になった。

部室でゲームをしている時ですら、剛の方が目線の位置が高いので、同じ高さで風と目を合わせるというのは滅多にない事なのだ。

「……先輩の顔、小さいですね」

「う、うっさいな。どうせ私は全身隈《くま》なく小さいよ！」

小さいし、顔付きは幼い。こうして間近で見ると、ますます年上というのが信じられなくなってくる。

頬を染め、すねたような顔をする風はとてもかわいらしかった。

「あの、先輩」

「ん？　なんだ？」

「こうして高さを合わせるのって、まるで……」

「なんだよ？　ハッキリ言えよな！」

「いや、だから、その……今からキスでもするみたいだな、と思いまして」

「んなっ⁉」

剛が目をそらしながら恥ずかしそうに言うと、風は目を真ん丸にした。

途端に耳まで真っ赤《まっか》になり、風は叫んだ。

「ア、アホかあああ！　そんなわけないだろぉおおおおお！」

「先輩、落ち着いてください。ほんのちょっと、頭に浮かんだ事を言ってみただけですから」

「い、いや、だって、お前、そんなのは……こういう状況で言うか、フッー……」

目の前でオロオロとうろたえている風を見つめ、剛はポツリと呟いた。

「誰《だれ》も見ていませんし、ちょっとしてみますか？」

「ええっ⁉　お、おま、なにを……」

「……」

困惑している風をしばらく見つめ、剛はフッと笑った。

「冗談です。付き合ってもいないのにそんな事するわけないじゃないですか」

「か、からかうなよ、バカ！　マジな顔で見つめてくるから本気かと……」

「先輩がＯＫなら喜んでしますけど」

「バ、バカ！　からかうなって言ってるだろ！」

風は前に出て剛につかみかかろうとして、階段を踏み外してしまった。

一瞬、宙に浮き、落ちてしまいそうになったところで、剛の腕が風の細い身体をサッと抱え込んだ。

「だ、大丈夫ですか、先輩？」

「お、おう、なんとか……」

目線の高さを合わせた状態で抱き合うような姿勢になり、二人の距離はほとんどゼロになった。

思わず見つめ合ってしまい、剛は赤面し、風もまた真っ赤になっていた。

抱え込んだ風を、階段の上にそろそろと降ろし、剛は彼女から手を放した。

「……危なかったですね。気を付けましょう」

「そ、そうだな。ごめん……」

「危うく俺の理性が吹き飛ぶところでした。プレイヤーへのダイレクトアタックは勘弁してください」

「は、はあ？　そりゃ一体、どういう意味だよ？」

首をかしげた風に、剛は淡々と告げた。

「軽いし柔らかいしめっちゃいい匂《にお》いはするしで大変ですよ。気を付けてください」

「ええっ⁉　そ、そんな事言われても……こ、困るなあ……」

風は顔をそむけ、モジモジしていた。

その表情や仕草が一々かわいらしいので、剛は困ってしまった。またかわいがってあげたくなってしまう。

「……ところで、いい匂いってどんな匂いなんだ？」

「そうですね。なんかこう、甘い匂いというか……砂糖とミルクを混ぜ合わせたような匂いでしょうか？」

「お前それまた乳臭いって言いたいのか⁉　しっつれいなヤツだな！」

「乳臭い小悪魔ですか。意味が分かりませんね」

「私だって分からんわ！　つか小悪魔はもうやめろよ！」

部活以外の場所でも、剛と風の勝負は続いていくのだった。

20 生徒会長の密かな企み

休み時間、剛《つよし》が廊下を歩いていると。

上級生の女子と鉢合わせした。


「あら。こんにちは」

「ど、どうも」

サラサラの赤い髪に、いつも笑顔の美少女。生徒会長の宮本美礼《みやもとみれい》だ。

どう対応したらいいのか戸惑う剛に、美礼はクスッと笑って告げた。

「ふふっ、そんなに緊張しないで。いきなり噛《か》みついたりしないわよ」

「ほ、本当ですか？　隙を見せたら心臓を抜き取ったりするんじゃ……」

「……君って、意外と失礼よね」

ため息をつきつつ、美礼は問い掛けてきた。

「そう言えば、ちょっと訊《き》きたいのだけれど。君のクラスに留学生がいるでしょう？」

「あっ、はい。レインの事ですか」

Koryaku Dekinai Mineuchi san

「そう、レイン・ガードナー君だったわね。その子が峰内《みねうち》さんのライバルというのは本当なの？」

さすがは生徒会長、もうそこまで知っているのか。美礼の場合、風《ふう》に関する情報を集めているのかもしれないが。

「小学生の頃に争っていたライバルらしいですよ。あまり詳しくは知らないんですが」

「そうなんだ。それなら、本人に直接訊いてみた方がよさそうね」

「あの、会長さん？　あまり過激な真似《まね》はしない方が……」

「参考になったわ。それじゃね」

「あっ、はい。どうも……」

去っていく美礼を見送り、剛はため息をついた。


数時間後の休み時間、剛が廊下を歩いていると。

窓際の手すりにつかまり、どこか辛《つら》そうにしている上級生女子を見掛けた。

生徒会長の宮本美礼だ。

「か、会長さん？　どうかしたんですか？　気分でも悪いんじゃ……」

「また会ったわね、高岩《たかいわ》君。別に急病とかではないから心配しないで」

「そうなんですか？　でも、顔色が悪いですよ。汗だくみたいですし……」

剛が心配そうな目を向けると、美礼は苦笑した。

「実はね。例の留学生に……レインさんに会ってみたんだけど」

「レインに会ったんですか？」

「ええ。それで、彼、じゃなくて彼女が、峰内さんと決着をつけるために日本に来たって聞いて、それなら私と勝負してみないかって提案してみたの。私が小学生時代の峰内さんのライバルだって言ったら喜んで引き受けてくれたわ」

「レインに勝負を挑んだんですか？　じゃあ、カードゲームで？」

「そうよ。峰内さんと勝負するために常時携帯していた最強のデッキで挑んだんだけど……結果は惨敗、まったく歯が立たなかったわ。さすがは世界ランク二位よね……」

「か、会長さん、しっかり！」

倒れそうになった美礼に驚き、剛は慌てて彼女を支えた。

剛に寄りかかりながら、美礼は呟いた。

「彼女の事を甘く見ていたわ。かわいい男の子だと聞いていたのに、女の子だったのにも驚いたけど。あれは普通のプレイヤーなんかじゃない。異次元の存在だわ……」

文武両道、なんでもこなす完璧《かんぺき》超人の美礼でも敵《かな》わないのか。やはり世界ランクに載るようなプレイヤーは普通の人間ではないらしい。

「先輩にもレインにも、そう簡単には勝てそうもないですね……」

「悔しいわね。あの二人に勝つ方法を、私達で探ってみない？」

「えっ?」

美礼から妙な提案をされ、剛は戸惑った。

彼女は風を目の敵にしていて、ボドゲ部を潰《つぶ》そうとしていた黒幕で、ラスボス的なポジショ
ンの人物だと思っていたのだが。

しかし、協力して風やレインに対抗する方法を考えるというのは悪くないかもしれない。

敵の敵は味方、昨日の敵は今日の味方、といったところか。

「でも、会長さんは先輩に復讐するのが目的なんですよね? 純粋に勝負したいというのなら
ともかく、そういうのはちょっと……」

「私が不純だとでも? 純粋に峰内さんを叩《たた》きのめしてやりたいだけなのに」

「純粋な気持ちで言ってるのなら、その方が怖いですよ。すみませんが遠慮させてもらいます」

剛が手を組むのを断ると、美礼は眉根《まゆね》を寄せた。

「仕方ないわね。峰内さんにベッタリの君が彼女を裏切るはずもないか。味方に引き込む事が
できれば、峰内さんに対するジョーカーになりそうだと思ったのに」

「俺《おれ》を利用するつもりだったんですか? 俺なんかを味方につけたところで先輩には勝てない
と思いますけど」

剛が素直な意見を述べたところ、美礼は怪訝《けげん》そうに首をかしげていた。

「なにを言っているの? 君ほど峰内さんを倒すのに有利な存在はいないでしょうに」

「買《か》い被《かぶ》りすぎですよ。先輩にはずっとゲームで勝てないままですし、俺なんかじゃ戦力には……」

「本当になにを言っているの？　私はゲームの話なんかしていないのに」

「えっ？　じゃあ、なんの話なんですか？」

「なんのって……」

美礼はなにかを言おうとして、口をつぐみ、ため息をついた。

首をひねる剛に、やや疲れた様子で呟く。

「なんとなく分かっていたつもりだったけど、君はちょっと、ううん、かなり鈍いみたいね……」

「俺って、鈍いんですか？　そう言えば、たまに言われるような……自覚はないんですが」

「でしょうね。だから鈍いと言われるのよ」

「はあ」

呆《あき》れたようにため息をつく美礼に、剛は曖昧な返事をするしかなかった。

剛自身としては、鋭くはないが鈍くもなく、普通のつもりでいるのだが。

そもそも美礼はなにについて言っているのだろうか。風を倒すために剛を味方につけるという話ではなかったのか。

「おう、高岩。なにして……」

そこへフラリと現れたのは風だった。

笑顔で剛に声を掛けてきた風だったが、傍《かたわ》らに美礼がいるのに気付くなり、その幼い顔を引きつらせていた。

「げっ、生徒会長がいるじゃないか。大丈夫か、高岩。心臓を抜き取られそうになったりしてないか？」

「あなた達、私をなんだと思ってるの？　謎《なぞ》の殺人技術を極めた暗殺者だとでも？」

美礼にジロッとにらまれ、風はぎこちない笑みを浮かべて誤魔化《ごまか》していた。

「い、いや、だってほら、あんたってば、ちょっと怖いっていうか、どす黒い気配をまとっているっていうか……ニコニコしながら素手で人間を始末したりしそうだし……」

「ふふふ、面白《おもしろ》い事を言うのね。私にそんな愉快な芸当ができるのかどうか試してみる？」

「え、遠慮するよ。マジでやられたらシャレになんないし」

風が怯《おび》えた顔をしてみせると、美礼は笑顔のままこめかみをピクピクさせていた。

軽く深呼吸をしてから、美礼は風に告げた。

「留学生のレインさんはあなたのライバルなんですってね。彼女は世界ランク二位だったそうだけど、あなたよりも強いのかしら？」

「さあなー？　世界大会じゃあいつと当たらなかったし、当たっていたらたぶん私が勝ってたと思うけど、今さらどうしようもないだろ」

「確かに、当時の世界大会をやり直すのは不可能だけれど……勝負するだけなら可能でしょう？」

「いや、私はもう引退してるし、あいつと勝負する気はないよ。レイン本人にも言ったんだけどさ」

「ふうん。そうなのね」

美礼はうなずき、顎に手をやり、なにかを考えている様子だった。

不意にニコッと微笑み、風に告げる。

「それはそうと、高岩君の事だけど。私が彼をもらうと言ったら、あなたはどうするのかしら？」

「は、はあ？　高岩をもらうって？　なんだそれ、どういう意味だよ？」

「言葉通りの意味だけど。高岩君を私の物にするの」

「か、会長さん？　なにを……」

美礼が剛の右腕に左腕を絡《から》ませてきて、剛はドキッとしてしまった。

なにかと怖い要素がある彼女だが、外見は美人で、プロポーションもいい。くっつかれると風とは違う大人っぽい匂《にお》いがしてきて、なんだか抵抗できなくなってしまう。

「ちょっ、こら！　やめろ！　高岩から離れろ！」

「彼は面白い人間だし、色々と楽しませてくれそうだわ。生徒会のメンバーにして、私の補佐役にでも任命しようかしら？」

「やめろってば！　ふざけるのも大概にしとけ！　お前なんかに高岩は渡さないぞ！」

風が顔を真っ赤《まか》にして抗議したが、美礼は涼しい顔のままだった。

明らかに風を挑発しているとしか思えない美礼にベッタリと密着され、剛は困ってしまった。

「あ、あの、会長さん？　冗談はそのぐらいで……」

「あら、私は本気だけど。君が断らないのなら、生徒会のメンバーに加えてあげるわよ。表向きの役職は副会長でどう？」

「副会長はもういるじゃないですか。からかわないでくださいよ」

「本気だと言ったでしょう？　副会長が二人以上いても問題はないのよ。使えそうな人材ならどんどんメンバーに採用するのが私の方針なの。誰《だれ》も文句は言わないわ」

ニコッと微笑み、絡ませた腕に力を込めてくる美礼に、剛は困惑した。

かなり大きめのやたらと柔らかい胸のふくらみが二の腕に密着してきて、フニュフニュとすばらしい弾力を伝えてきている。

風がムッとして、剛の空いている左腕をつかんで引っ張ってくる。

「こらあ、しっかりしろ、高岩！　そんなメンヘラヤンデレ腹黒生徒会長の色香に惑わされるな！」

「だ、大丈夫ですよ、先輩。俺はこんなの平気で……抵抗できないのが悲しいですが」

「平気なら抵抗しろよ！　このムッツリが！」

「あいたっ！　い、痛いですよ、先輩！」

腕を引っ張り、脇腹《わきばら》を手刀で突っついてくる風に、剛は身をよじって悶《もだ》えた。

風は執拗に剛の脇腹を攻め、彼が大きな身体をよじるように仕向け、美礼の腕を振りほどくように誘導した。

美礼から離れた剛を下がらせ、風は美礼と対峙《たいじ》した。

「がるるる……高岩に手を出したら承知しないぞ！　コイツは私の……」

「私の、なに？」

「わ、私の……ゲーム仲間で、大事な後輩だからな！　誘惑や勧誘はお断りだ！　どうしてもやるというのなら私を倒してからにしろ！」

フーッ！　と猫のように息を吐いて威嚇する風に、美礼は苦笑した。

「よく分かったわ。やっぱり彼の事が大事なのね？」

「か、勘違いするなよ！　大事なのはゲーム仲間の後輩だからで……」

「はいはい、分かったから。今日のところは引いておきましょう」

クスッと笑い、美礼は風と剛から離れた。

二人に背を向けて去っていこうとして、不意に振り返ってくる。

「やはり諸々の決着をつけるためには、それなりの舞台が必要のようね……」

「なんの話だよ？　またなにかするつもりか？」

「近いうちにね。楽しみにしていて」

愉快そうに笑い、去っていく美礼を見送り、風は首をかしげた。

「なんなんだ、あいつは。なんか企んでいそうだよな」

「怖い人ですよね。小学生の時に先輩に負けたせいで、暗黒面に落ちてしまったんでしょうか?」

「私のせいにするなよ! 小学生に対戦相手への気遣いとかできるわけないだろ!」

それはどうだろう。小学校高学年なら多少の気遣いぐらいはできるはずだが。

ともあれ、美礼はなにかを仕掛けてきそうな様子だった。警戒をしておいた方がいいのかもしれない。


「生徒会室に爆竹でも投げ込んでやろうかな? それか学校の裏山で猪でも捕まえてきて投げ込んでやるか」

「先輩、あまり過激なのはどうかと。廃部どころか停学になりますよ」

「分かってるけど、やられっぱなしなのは性に合わないんだよな。鈴木のヤツを騙《だま》して生徒会室にカチ込ませるか」

「先輩って結構、アウトローですよね」

「こんなにお淑《しと》やかに見えるのに意外だろ?」

「お淑やか? お釈迦《しゃか》にする、の間違いですか?」

「どんな間違いだよ! 噛みつくぞ! シャーッ!」

21 校内ゲーム大会

「生徒会執行部主催、ゲーム大会のお知らせ……？　なんだこれは……」

ある日の朝、登校時間。

昇降口近くにある掲示スペースに人だかりができているのを見掛けた剛《つよし》は、皆が注目しているポスターを確認し、首をひねった。

一緒に登校した風《ふう》もポスターを見て、怪訝《けげん》そうにしていた。

「クラスマッチが終わったばっかりなのに、もう次のイベントかよ。どうなってるんだか」

「先輩、このゲーム大会というのは、毎年開催されているんですか？」

「いや、今年が初めてだな。誰《だれ》が企画したのか、ちょっと気になるな……」

剛はうなずき、ポスターに記載されている内容をよく読んでみた。

「全学年の生徒が対象で、参加は自由。いずれかのゲームを選択してエントリーする事。人狼《じんろう》ゲームに、ジャンケン大会……おっ、トレーディングカードゲーム部門もありますよ」

「マジかよ。なんだろ、誰かさんが企てた罠《わな》のような気がして仕方ないんだが」

なにかを感じ取ったのか、風は眉根《まゆね》を寄せていた。

剛は苦笑し、風に告げた。

「罠かどうかはともかく、これはチャンスかもしれませんよ。校内のゲーム大会で優勝すれば、全校生徒にボドゲ部の存在をアピールできるでしょう。やりましょうよ、先輩！」

「うーん、でもなあ。私は引退した身だし、変に目立つのは……ん？」

「どうしました？」

「ＴＤＣ部門のルールをよく見てみろよ。二人一組で出場する事って書いてあるぞ」

「二人一組？　それって……タッグバトルというわけですか」

一対一の個人戦ではなく、二対二で戦うタッグマッチルールらしい。

タッグバトルなど未経験だ。そこで剛は風に告げた。

「それじゃ先輩、俺《おれ》と組んでもらえますか？　二人で優勝を目指しましょう！」

「えっ？　い、いや、でも……うーん……」

風はまだ、出場するか否か迷っているみたいだった。

剛が説得しようとしていると、そこへ一人の少女が声を掛けてきた。

「やあ、二人とも生徒会の告知を見たかい？　面白《おもしろ》いイベントだね！」

銀髪のイケメン少女、レインは笑顔で楽しそうにしていた。

風をジッと見つめてから、剛に目を移して呟く。

「ツヨシ、ボクと組まないか？」

「えっ？　レインが俺と……？」

「そうさ。ボクとツヨシなら優勝を狙《ねら》えるかもしれないよ？」

「い、いや、でも……」

予期せぬ申し出を受け、剛が戸惑っていると。

レインは真面目《まじめ》な顔で告げた。

「ワンターンキルウインドは引退したからとか言って出場を渋っているんだろう？　だったらボクと組めばいいさ」

「それは……しかし……」

「ボクと組めば、優勝を狙えるだけじゃない。ワンターンキルウインドに勝てるかもしれないよ？」

「……！」

ニヤリと不敵な笑みを浮かべたレインの呟きに、剛は愕然とした。

風に勝てるかもしれない。その台詞《せりふ》を聞いた瞬間、背中を電流が走ったような衝撃を受けた。

レインはかつての世界ランク二位であり、三位の風よりも上だ。世界大会決勝では風と対戦しなかったらしいが、それでも風に匹敵《ひってき》する実力の持ち主と見て間違いはないだろう。

そんなレインと組めば、確かに風に勝つのも夢ではないのかもしれない。

「先輩に、勝てる？　考えもしなかったな……」

「お、おい、高岩《たかいわ》？　なに言ってるんだよ？　まさか、こんなヤツと組むつもりなのか？」

困惑した様子の風を見やり、剛は尋ねてみた。

「先輩は出場したくないんですよね？　それならレインと組むのもいいかなと思うんですが……」

「なんだそれ⁉　私と敵対してるレインと組むってのか？　つまり、私の敵になるって言うんだな？」

風からジロッとにらまれ、剛はたじろいだ。

ゴクリと喉《のど》を鳴らし、風を真《ま》っ直《す》ぐに見つめて言う。

「そういう事になりますかね。先輩は、俺が倒したいと思っている目標でもありますので」

「くっ……！」

風はムッとして、剛をにらんだ。

やがてため息をつき、あきらめたように呟く。

「……そうか。お前がそう決めたんなら、私は何も言わないよ。好きにすればいいさ」

「先輩？　あの、怒ってますか？」

「別に？　怒ってませんけど？　でも、そうだな、お前がそういう態度なら……私も出場しちゃおうかな？」

「ええっ⁉　カードゲームからは引退したから出場しないんじゃ……」

「気が変わった。私がいなきゃ優勝できると思ってる後輩や元ライバルに地獄を見せてやるよ……真の強者ってヤツがどんなものか、思い知るがいい……！」

ギロッとにらまれ、剛は冷や汗をかいた。

理由はよく分からないが、風はやる気になったようだ。

「ふふ、そう来なくっちゃね、ワンターンキルウインド！　世界大会で着けられなかった決着を、今度こそ着けてあげるよ！」

「言ってろ、仮初めの世界二位！　どっちの実力が上なのか、ハッキリさせてやるからな！　裏切り者の高岩もろともボコボコにしてやる！」

「せ、先輩？　あの、俺は先輩を裏切ったつもりは……」

「あー、うるさいうるさい！　そんなに銀髪ボクッ子のイケメン美少女がいいなら好きにすればいいだろ！　このムッツリの裏切り者が！　お前なんか国際指名手配されろ！　霧の都ロンドンで迷子になれ！」

「ええっ……」

なぜかブチ切れている風に非難され、剛は困惑した。

風が出場しないのなら、他の人間と組むしかないと思ったのだが、まずかったのだろうか。

「言わせておけばいいさ。二人で彼女を倒して優勝しよう！」

「あ、ああ。そうだな」

そんなわけで、剛はレインと組んで大会に出場する事になった。

ゲーム大会への参加は任意となっていた。

参加希望者以外は、どのゲームでも自由に観戦してもいいという事になっている。

予選は各教室で行われ、決勝トーナメントは体育館で行うという。

剛はレインと組み、一年生の部の予選をやっている教室へ向かった。

トレーディングカードゲーム部門、一年生の参加者は二〇名、一〇組となっていた。

一〇組が五つに分かれ、対戦を開始する。審判は生徒会役員やクラス委員が務めるらしい。

TDC部門のルールは、現在の公式大会ルールに従うとの事だった。どんなデッキを使っても自由だが、公式で禁止されているカードなどは同じく使用禁止となっている。


予選の対戦相手を確認し、剛はハッとした。

「えっ、鈴木が対戦相手なのか？　お前が参加するなんて……」

「カードゲームなら俺もそこそこ自信があるからな！　暇潰《ひまつぶ》しにやってやろうと思ってよ！」

「しかも、大橋《おおはし》さんがパートナーなのか？」

「鈴木が組んでくれって泣いて頼むから仕方なくね。やるからには勝つつもりでやるけど」

初戦の相手は、鈴木・大橋ペアだった。

知り合いが相手というのは少しやりにくいが、負けるわけにはいかない。剛は気持ちを引き締めた。

「ククク、さあて、俺のリア充抹殺デッキを披露してやるぜ！　大橋、準備はいいか？」

「う、うん。えっと、どれが出せるんだっけ？　同じ絵柄のカードは同時に出していいの？」

「なに言ってるんだ、お前は……デッキは作ってやったし、ルールは教えたよな？」

「一回教わっただけじゃ分かんないよ。なにをどうしたらいいのか、あんたが指示を出してよ」

「マジかよ……」

どうやら大橋は完全に初心者だったらしい。カードを見るのも触るのも今回が初めてのようだ。

自信満々だった鈴木だが、大橋が戦力にならないのを知るなり、途端に戦意を喪失していた。

「くっ、人選を誤ったか！　まさか大橋がここまで使えないヤツだとは……」

「うるさいなあ。組んであげるだけでもありがたく思いなさいよね！」

そんな二人では相手になるはずもなく、あっさりと剛達が勝利した。

予選は総当たり戦で、勝ち数の最も多いチーム、上位二チームが決勝に進むルールとなっていた。

「次の相手は……朝霧《あさぎり》さんと堀川《ほりかわ》さんか」

「高岩君とレインが相手では勝つのは無理かな……お手柔らかにね」

「やる前からなにを弱気になってるのよ？　負けないぞー！」

堀川恵美《えみ》はやる気になっていたが、朝霧夕陽《ゆうひ》はあきらめムードだった。

恵美は完全に初心者らしい。鈴木・大橋チームと同じというわけだ。

「なんだか悪いね。ボクとツヨシが勝たせてもらうよ！」

「くっ……！」

特に苦戦する事もなく、あっさりと剛達が勝利した。

剛は少し考えてから、夕陽と鈴木に告げた。

「朝霧さんと鈴木が組めばよかったんじゃないか？」

「それはちょっと。鈴木君は……アレだし」

「アレってなんだよ⁉　どうせ、イケメンじゃねえからとか、非モテでキモイからとかで組みたくねえんだろ！　ちくしょー！」

「……そういう事を言うところが苦手なのよ」

ため息をつく夕陽に、剛は苦笑した。

他のペアも大して強くはなかった。

剛とレインのチームは全勝してしまい、予選一位突破で決勝トーナメントに進む事になった。

昼休みを挟み、午後の部、決勝トーナメントが始まった。

予選を抜けたチームが体育館に集まり、対戦を開始する。

風の姿を見掛け、剛は声を掛けてみた。

「先輩も予選を突破したんですね。さすがです」

「まあ、このぐらいはな。楽勝、とはいかなかったけど」

ため息をつく風に、剛は首をかしげた。

「先輩が苦戦したんですか？　そう言えば、先輩のパートナーって……」

「はいはーい、私でーす！　親友の由衣《ゆい》ちゃんだよー！」

笑顔で手を挙げたのは、春日《かすが》由衣だった。

風は由衣と組んだわけか。しかし、由衣のゲームの腕はどうなのだろう？

「由衣のヤツ、完全に初心者でさ。おかげでフォローするのが大変だったんだ……」

「えっ？　そ、そうなんですか……」

「仕方ないでしょ、やった事ないんだから。風が対戦してるとことか結構見てたから、基本的なルールぐらいなら分かるんだけど」

決勝トーナメントの参加者に、生徒会長の宮本美礼《みやもとみれい》がいるのに気付き、剛はハッとした。

「生徒会主催なのに、生徒会長も参加してるんですか？」

「あら、なにかおかしいかしら？　生徒会役員が参加してはいけないというルールはないわよ」

「そ、そうですか」

余裕の笑みを浮かべた美礼に、剛はたじろいだ。

風が剛に身を寄せてきて、小声で囁《ささや》く。

「あの女、特別枠とかで予選に出ないで決勝トーナメントに出るらしいぞ。生徒会長の権限悪用しまくりだな」

「たぶんですけど、予選で先輩と対戦したくなかったからじゃないんですか？　決勝で、全校生徒の前で先輩に勝ちたいんでしょう」

「ほんと、執念深いよな。怖すぎだろ」

ホワイトボードに貼《は》り出されたトーナメント表を見て、剛はうなった。

「この組み合わせだと、決勝戦まで進まないと先輩とは対戦できないみたいですね」

「そうみたいだな。生徒会長は……あれ、高岩達と準決勝で当たるみたいだぞ」

「俺から先に片付けたいわけですか。あのトーナメント表、絶対に会長の希望が反映されてますよね」

剛と風は同時にため息をつき、苦笑した。

風が拳《こぶし》を突き出してきて、笑顔で言う。

「んじゃ、決勝で会おうか。それまで負けるなよ？」

「先輩こそ。お互い、気を抜かないでがんばりましょう」

剛も拳を突き出して、風のそれとコツンと合わせる。

風と組めなかった事を少しばかり残念に思っていた剛だったが、今となってはこれでよかったような気がしていた。

決勝まで勝ち進めば、風と対戦できるのだ。そう思うと、なんだかゾクゾクしてきた。


剛とレインのチームは順調に勝ち進んでいった。

風と由衣のチームも勝ち進んでいるようだ。

準決勝、生徒会長の美礼と対戦する事になり、剛は気持ちを引き締めた。

「会長さんと、副会長さんのペアですか。生徒会のツートップチームというわけですね」

「こら高岩、副会長と呼ぶんじゃない！　静香《しずか》ちゃんと呼べ！」

「し、静香先輩……」

「まあよかろう。叩《たた》き潰《つぶ》してやるので覚悟しろ！」

いつものごとく強気な静香に、剛はタジタジだった。

だが、ここで負けるわけにはいかない。二人を倒して、風と対決しなければ。

「ふふふ、ようやく君に復讐する時が来たわね、高岩君。そして、レインさん……あなたもね」

「生徒会長は優秀な人物らしいけど、カードゲームだけは思い通りにはいかない事を思い知るだろうね。君ではボク達に勝てないよ」

「……言うわね。その減らず口がどこまで続けられるのか、見せてもらうわ……！」

笑顔のまま、顔に暗い影を落とし、やや低い声で呟く美礼には、なんとも言えない迫力があった。

正直、彼女は怖かったが、負けられない。


「モンスターを破壊、プレイヤーにダイレクトアタック！」

「同じく、こっちもモンスターを破壊、プレイヤーにダイレクトアタックだよ！」

「そ、そんな……！」

「ああっ、やられた……完敗だ……！」

美礼と静香のペアは息が合っていて、それなりに強かったが、残念ながら剛達の敵ではなかった。

決勝へ進む事になり、剛はホッと息をついた。


もう一つの準決勝戦では、風達が勝っていた。

ついに風と対決する事になり、剛はゴクリと喉を鳴らし、レインはニヤリと笑った。

「ようやく対戦する事ができるんだね、ワンターンキルウインド。この時をどれだけ待っていた事か……」

「そう言えば、レインは世界大会で先輩と対戦できなかったんだったな。ついに念願がかなうわけか」

「欲を言えば一対一で戦ってみたかったけれど、贅沢は言わないよ。ボクの勝利に協力してくれるかい、ツヨシ？」

「ああ、いいとも。協力して先輩を倒そう」

レインの問い掛けに、剛はコクンとうなずいて答えた。

これは風に勝つ、千載一遇のチャンスだ。タッグバトルではイマイチ勝利の実感が湧《わ》かないが、それでも勝ちは勝ちだ。


一方、風達はトーナメント表を見て、うなっていた。

「やっぱり高岩達が相手か。予想通りだな」

「高岩君も強いらしいけど、レインって子は風と同じぐらい強いんでしょ？　勝てるの？」

「勝てるさ。由衣が今すぐ私と同レベルのプレイヤーにレベルアップしてくれれば楽勝だよ」

「ううっ、無茶言わないでよ……ミスしないようにするので精一杯なのに……」

「分かってるって。ま、やるだけやってみようか」

ＴＤＣ部門決勝戦。

試合開始前に、レインが風達の所へ近付いていくのを見て、慌てて剛は後を追った。

「ちゃんと勝ってくれてホッとしたよ、ワンターンキルウインド。またすっぽかされるんじゃないかとヒヤヒヤしていたんだ」

「ふん、私の心配をしているなんて余裕だな」

「公式の大会でもなんでもない、普通の高校のイベントだからね。ダークホースがいないかと思ったけど、そういうのは……」

そこでレインは剛をチラリと見て、呟いた。

「いる事はいたかな。君の友人だけあって、彼は面白いね。癖《くせ》が強いのがアレだけど、世界大会に出ていてもおかしくないレベルじゃないのかな？」

「だろ？　高岩のヤツは、そこらの一般人とは違うからな。ま、私には及ばないが！」

どうやらレインと風にはそれなりに評価されているようで、剛はちょっとばかりうれしくなった。

「ツヨシを味方にしているボクの方が圧倒的に有利なわけだけど……なんだか悪いね」

「言ってろ。うちのチームメイトの由衣だってすごいんだからな！　なにしろテニス部のエースなんだ！」

「へー、そうなんだ？　それで、テニスの腕とカードゲームにどういう関係があるのかな？」

「と、特にないかな……」

「ないんだ？」

「だ、だが、見ろ、由衣を！　やたらと育ってやがるし、無駄にモテるんだぞ！　胸が大きいがお尻《しり》も大きいし、太股《ふともも》も太いんだ！」

「えーと、風？　あんまり変な事言うとぶつよ？　私のドライブサーブを受けてみる？」

「あれ、なんで怒ってるんだ、由衣？　ほめてあげてるのに！」

こめかみをピクピクさせた由衣ににらまれ、風は青ざめていた。

由衣は体育会系で、カードゲームについては初心者。二対二のタッグバトルで戦う以上、パートナーの強さがそのまま戦力差になってしまう。

風とレインの強さが同レベルなら、それぞれのパートナーによって勝敗は左右される。

すなわち剛とレインのチームは圧倒的に有利だ。さしもの風も今回は厳しいだろう。


テーブルを挟み、剛とレイン、風と由衣のチームが向き合い、決勝戦がスタートした。

先攻はコイントスの結果、剛とレインのチームとなった。

二人はうなずき合い、まずは剛から、カードを展開していった。

「では、俺のターン、ドロー！　『シールドマン』を召喚、防御表示。カードを一枚伏せて、ターンエンド」

剛のデッキは、防御重視の『究極のイージス』デッキ。防御能力とカウンターに優れたカードが多い。何気に風のワンターンキルを防ぐのを意識したデッキとなっている。

「ボクのターン、ドロー！　『氷結のマジシャン』を召喚、『皇帝の椅子《いす》』をセットして、ターンエンドだよ！」

レインのデッキは、『エターナルキングダム』デッキ。攻守のバランスに優れたデッキだ。『王国』を意識したデッキ構成で、布陣が完成すると恐るべき強さを発揮する。

「なんでキングダムなんだよ？　エターナルエンペラーを名乗るんなら、帝国とかエンパイアを名乗るべきなんじゃないのか？」

「うるさいな！　キングダムの方が英国っぽいし格好いいだろう？　いかなる敵も滅ぼしてみせるよ！」

レインの主張に苦笑しつつ、風はカードを展開した。

「私のターン、ドロー！　さてさて、久々に決めてやろうか……『暗黒魔道士ノラポム』を召喚！」

「むっ、そのカードは……ワンターンキルウインドの、エースモンスターか……！」

風がニヤリと笑い、レインが表情を強張《こわば》らせる。

かつての世界ランカー二人が本気でぶつかり合い、雌雄を決しようとしている。

そんな貴重なバトルに参加する事になり、剛はゴクリと喉を鳴らした。

「魔法カード、『ダブルトレード』を発動！　手札二枚を墓地に送り、新たなカードを二枚ドロー！　魔法カード、『リンクアップ』を発動、『ノラポム』をレベル3に！　さらにトモダチモンスターの『キティ』『マコリン』を召喚、暗黒・聖魔・神聖の三大魔道士を生贄《いけにえ》にトリニティエクシード召喚！　『大魔道士スーパーノラポム』を特殊召喚する！　スーパーノラポムの攻撃、ギガプラズマ×3！」

URカードによる強大な攻撃を行った風に、剛はうなった。

だが、レインは慌てず騒がず、風の攻撃に対応してみせた。

「『皇帝の椅子』の特殊効果発動！　フィールド上の味方モンスターのライフを超える攻撃を受けた場合、一回だけ破壊を阻止し、ライフ一〇〇で生き残るようにさせる！」

「げっ。そんなのありかよ！」

「それだけじゃないよ！　『氷結のマジシャン』の特殊効果発動！　自身のライフを超える攻撃を受けても生存した場合、ライフ×2のダメージを敵モンスターに跳ね返す事ができる。スーパーノラポムに四〇〇〇のダメージ！」

「ああっ、スーパーノラポムがああ！」

エースモンスターが破壊され、ワンターンキルを阻止されてしまい、風はギリギリと歯噛《はが》みした。

風のフィールドにはモンスターがいなくなった。今ならプレイヤーにダイレクトアタックが可能だ。

ワンターンキルを防いだ上に、風を倒せるチャンス到来だ。これは行けるんじゃないかと思い、剛はレインと顔を見合わせ、笑みを浮かべた。

するとそこで、自分のカードを確認していた由衣が呟いた。

「えっと、私のターンだよね？　ドロー。魔法カード、『アンデッドリターン』を発動、破壊された味方モンスター一体を復活させる。スーパーノラポムを復活！」

「えっ？」

「『魔王女プラム』『魔王女レムニア』『魔王女クロズ』を召喚、三体を生贄にトリニティエクシード召喚！　『新生魔王プラムルド』を特殊召喚！　プラムルドの攻撃、『破壊と再生のスクリューブロー連打』！　『皇帝の椅子』を破壊！」

「な、なんだって？　ボクのキングダムデッキが……！」

「敵モンスターや魔法カードを破壊した場合、トリニティエクシードは解除可能。元に戻った三体の魔王女で連続攻撃！　『氷結のマジシャン』を破壊、さらに『シールドマン』を攻撃！」

攻撃を受けた剛は、慌てて伏せていたカードを裏返した。

「ト、トラップ発動！　『カウンターシールド』で攻撃を跳ね返し、魔王女一体を破壊！」

「スーパーノラポムの特殊効果発動！　味方モンスターを倒した魔法カードやモンスターに対し、同等のダメージをくらわせる！　ギガプラズマ！」

「ああっ、カウンターシールドが……！」

「魔王女二体で『シールドマン』を破壊、プレイヤーにダイレクトアタック！」

「スーパーノラポムの通常攻撃、ギガプラズマ×3！　敵プレイヤー二名にダイレクトアタック！」

フィールド上のカードをすべて破壊されたあげく、プレイヤーにダイレクトアタックまで受けてしまい、剛とレインのライフはゼロになった。

由衣が額の汗を拭い、風がニヤリと笑って呟く。

「もう二度と言わないつもりだったけど、言わせてもらおう。……ワンターンキルの風が吹くぜ！」

かつての決め台詞を口にした風に、レインは肩を震わせながら呟いた。

「そ、そんな馬鹿《ばか》な……タッグバトルでワンターンキル？　ありえない……！」

「私も無理だと思ってたさ。でも、見ての通り、由衣は正確に手順に従ってカードを展開するんだ。ワンターンキルができそうなデッキを作って渡しておけば、あとはいいカードを引いてくれるのを待つだけなのさ！」

「くっ、パートナーのデッキをもっと警戒するべきだったか……ボク達の負けだ……」

レインはガックリとうなだれ、敗北を認めた。

ハイタッチをして勝利を喜ぶ風と由衣を眺め、剛はため息をついたのだった。

エピローグ

ゲーム大会はそれなりの盛り上がりを見せて終了した。

それぞれの部門の優勝者が体育館のステージに上がり、生徒会長から表彰を受けた。

「優勝おめでとう、峰内《みねうち》さん」

内心では風《ふう》と対戦できずに悔しく思っているのだろうが、美礼《みれい》は笑顔をキープして風にトロフィーを渡していた。

体育館に詰めかけた全校生徒から拍手を受け、風は照れていた。

ふと、なにかを思い出したようにハッとして、マイクを手にして叫ぶ。

「えっと、ボードゲーム研究部をよろしく！　部員を募集中だぞ！」

ボドゲ部のアピールを行ってくれた風を見つめ、剛《つよし》は笑みを浮かべた。

優勝はできなかったが、目的の一つは果たせたか。これで入部希望者が殺到する……のは無理でも、二、三人ぐらいは集まるかもしれない。

「ああもう、悔しいな！　やっとワンターンキルウインドを倒せると思ったのに！」

Koryaku Dekinai Mineuchi san

イベント終了後、全校生徒が体育館から引き上げていく中、レインは悔しそうにしていた。地団太を踏むレインに、剛は苦笑した。

「もうちょっとだったのにな。頼りにならないパートナーですまなかった」

「ツヨシのせいじゃないよ。ボクの読みが甘かったんだ。引退したとかいっても、やっぱりワンターンキルウインドは極悪プレイヤーだったんだ。初心者のパートナーにワンターンキルに特化したデッキを渡すなんてどうかしてるよ」

レインは不満そうだったが、剛は実に風らしいなと思った。

カードゲームは引退したなどと言っているが、風のゲームに対する姿勢は昔のままなんじゃないかと思う。

ゲームを楽しみつつ、勝つ事にこだわり、手段を選ばない。それが風の基本スタイルなのだろう。

「でも、ツヨシと組んだタッグバトルは楽しかったよ。ツヨシはどうだった？」

「そうだな、俺《おれ》も楽しかった。世界ランク二位のレインのプレイを見せてもらって勉強になったよ」

「本当に？　だったらうれしいな！」

ニコッと微笑むレインに、剛は照れてしまった。

今さらだが、レインと組んで本当によかったと思う。彼女のゲームに対する姿勢や考え方は参考になったし、刺激的でもあった。

やはり、強いプレイヤーを間近で見るというのは、いい経験になる。

「今度またワンターンキルウインドと対戦したら勝てるように特訓しようか？」

「いいとも。しかし、俺が先輩に勝てるだろうか……」

「ツヨシなら勝つ可能性はあると思うよ。ワンターンキルウインドも無敵ってわけじゃないんだし。すごい弱点も抱えてるしね」

フフッと笑ったレインに、剛は首をひねった。

「先輩の弱点というと……ワンターンキルにこだわりすぎるところとか？」

「そう、それ！　ハイリスクな戦略だから、防がれたり空振りしたりしたら悲惨なんだ。さすがに分かってるね」

「まあ……先輩には散々負かされてるから」

剛もただ黙って負け続けているわけではない。いずれは勝つために、風のプレイスタイルを分析しているのだ。

するとレインは、ニヤッと笑って、剛に告げた。

「もう一つ、すごい弱点があるんだけど……ツヨシは気付いてるのかな？」

「えっ、他にもあるのか？　うーん、なんだろう？」

風のプレイの様子を思い出してみたが、特に弱点らしいものは思い浮かばず、剛は首をひねった。

レインはクスッと笑い、上目遣《うわめづか》いに剛を見つめた。

「分かんないんだね？　ふふ、やっぱりなあ」

「ちょっと思い付かないな。よかったら教えてもらえないか？」

「そうだね。それじゃ……ちょっと耳を貸して」

レインが口元を手で隠しながら身を寄せてきたので、剛は身体を傾け、彼女の方に左耳を向けた。

するとレインは剛の耳に顔を近付け……微妙に方向を変え、彼の頬《ほお》に唇を接触させた。

「レ、レイン⁉　なにを……」

「ふふ、ボクと組んでくれたお礼かな？　ふふふ」

「い、いや、お礼って……」

「あーッ！」

「⁉」

叫び声が聞こえ、剛はギョッとした。

見るといつの間に近付いてきたのか、すぐそばに風が立っていて、ブルブルと肩を震わせながら剛達を見ていた。

「なっ、なにしてるんだ、お前ら！　い、今、ちゅ、チューしてただろ！」

ちゅ
あ゛ー

「せ、先輩⁉　い、いや、今のはその……」

うろたえる剛をよそに、レインはすまし顔で答えた。

「ツヨシに、お礼のキスをしただけだけど。なにか問題でもあるのかな？」

「も、問題だらけでびっくりしたわ！　日本人はな、気楽にキスとかしないんだよ！　そういうのはやめろ！」

「えー？　このぐらい挨拶《あいさつ》みたいなものだよ？　子供だなあ」

「だ、誰《だれ》が子供だ！　いいから高岩《たかいわ》から離れろ！」

動こうとしないレインを引き剝《は》がし、風は剛を庇《かば》うようにしてレインと対峙《たいじ》した。

「まったく、なに考えてるんだ？　過剰なスキンシップはやめろ！　高岩に迷惑だろうが！」

「ツヨシはうれしそうだけど。決め付けないでくれるかな」

「うるさいバカ！　高岩は女の子に強い態度を取れないから大人しくしてるだけだ！　そういうヤツなんだよ！」

「ふうん。彼の事をよく分かってるんだね。タッグを組まなかったくせに」

「そ、それは……お、お前が割り込んできたから……」

風は目を泳がせ、なにやら言いにくそうにしていた。

自分の事で、風が困っているのなら申し訳ないと思い、剛は風をフォローしようとした。

「先輩、あの……俺は気にしていないので……」

「た、高岩は、私のだから！　手を出したら許さないからな！」

風が叫び、レインが目を丸くする。

するとそこへ、生徒会長の美礼と副会長の静香《しずか》が通り掛かった。

「あら、峰内さんたら。こんな公共の場で、告白？　大胆ね」

美礼がクスッと笑って呟き、風は真《ま》っ赤《か》になった。

「ち、違う違う違う！　そんなんじゃないんだ！　誤解するなよな！」

「ふふ、顔が赤いわよ？　やはりあなたの弱点は、高岩君に関する事みたいね」

「違うってば！　からかうなよな！」

クスクスと笑いながら、美礼は去っていった。

静香はなにか言いたそうにしていたが、風を一瞥しただけで何も言わずに美礼の後に続いた。

レインはため息をつき、剛に告げた。

「とまあ、今のがワンターンキルウインドの弱点なわけだけど、ツヨシは分かったかな？」

「えっ？」

剛は首をひねり、うんうんとうなってから、呟いた。

「からかいや冷やかしに弱い事、とか？」

「うーん、間違ってはいないけど、そういう事じゃないんだよね。やっぱり、ツヨシには難しかったかな？」

「?」

どこか呆《あき》れたように、レインは苦笑していた。

剛にはサッパリ分からなかったが、同性にしか分からないなにかがあるのか。

「自分の物だって言うのなら、ちゃんと捕まえておきなよ、ワンターンキルウインド。でないと、ボクがもらっちゃうよ?」

「な、なんだと……?」

「ふふ、怖い怖い。じゃあ、またね」

ニヤリと笑い、レインは去っていった。

突っ立っている剛に、風は呟いた。

「なにボーッとしてるんだよ? 行くぞ、高岩」

「あっ、はい」

風にうながされ、剛は彼女と並んで体育館の出口へと向かった。

歩きながら、風に尋ねてみる。

「ええと、その……結局、先輩の弱点ってなんなんですか?」

「さあな。会長やレインが勝手に言ってるだけだろ。私は知らん」

「俺が関係してるみたいな事を言ってませんでした?」

「し、知らんわ。気のせいだろ」

風はほんのりと頬を染め、目を泳がせていた。

自分が気付いていない弱点が風にはあるのだろうか？　剛は悩んだ。

「そう言えば先輩、俺の事を自分の物だって言ってましたよね？」

「い、いや、あれはその……私だけの後輩みたいな意味で……か、勘違いするなよな！」

「そうなんですか。ちょっとうれしかったりしたんですが」

「えっ？　そ、それって、どういう……」

「深い意味はないです。言葉そのままの意味ですよ」

「ふ、ふーん、そうなんだ……」

ドギマギしながら、風は笑みを浮かべていた。

今日も先輩はかわいいなあ、と思い、剛もまた薄く笑みを浮かべた。


「うわあ、なんだろね、この二人。既にデキちゃってるようで、先輩後輩の仲から全然進展してないような……どっちなのよ？」

疑問の声を上げたのは、さっきからずっと風のそばにいた、春日由衣《かすがゆい》だった。

難しい顔をしてブツブツと呟く由衣に、剛と風は首をかしげた。

「春日先輩はなにを言っているんでしょう？」

「どうせまたいつものごとく恋愛脳が暴走中なんだろ。絡《から》まれると面倒だから聞こえないフリもうちょい踏み込んだ方がよくない？　二人とも奥手で鈍感なんじゃ、なにも進展しないまま、卒業しちゃうよ？」

「うわ、ひっど！　だったら黙ってろ。変に騒がれたりしたら迷惑だ」

「そうかい。ちょっと、その言い草はなに？　私は真剣に二人の心配をしてあげてるのに！」

するとムッとして、風に抗議した。由衣が
「は、はあ」

しとこう」


風は聞こえないフリをしていたが、剛は由衣に尋ねてみた。

「踏み込むというと、どうしたらいいのでしょう？」

「レインさんみたいに、アクションを取ってみたらどうかな？　風にチューしてみたら？」

「ええっ⁉　それはさすがに……」

「ふふ、高岩君には無理だよね。じゃあ、風がしてあげたら？　年上なんだしさ」

軽い口調で提案してきた由衣に、剛は目を丸くして驚き、風は真っ赤になった。

「なんでそうなるんだよ！　キ、キスとか、そんな軽いノリでするものじゃないだろ！」

「そのぐらいやらないと進展しないんじゃないの？　レインさんや副会長に取られてもいいの？」

「む、むうう……」

風はうなっていたが、やがてなにかを決意したような顔で、剛に告げた。

「な、なあ、高岩。ぶっちゃけ、どうなんだ？　チューとかされて、レインの事が好きになっちゃったか？」

「いえ、そんな事は……すごくうれしいだけですよ」

「すごくうれしいのかよ！　お前はほんと、呆れるぐらい素直だよな……」

ため息をついてから、風はニヤリと笑って呟いた。

「んじゃ、こうしようか。私にゲームで勝てたら、副賞というか、ご褒美として……チュ、チューしてやろうか？」

「なっ……なんですと……？」

「い、いや、あれだぞ、ほっぺに軽くするだけだぞ？　そのぐらいならまあ、できない事もないかなあ、って……ど、どうかな？」

「……」

剛は無言で天を仰《あお》ぎ、数秒の間を置いてから、風に目を向け、真剣な顔で呟いた。

「先輩、腕相撲で勝負しませんか？」

「なんでだよ！　それ絶対、私に勝ち目がない勝負だろ！」

「なら、ジャンケンでもいいです。さすがに何度も連続でやれば勝てるはず……」

「お、お前なあ、そうまでして勝ちたいのか？」

「勝ちたいです。当たり前じゃないですか」

「い、いや、そんな、すごくいい顔で言われても困るなあ……」

風に勝つ事はできなかったが、得るものはあった。

とりあえず、ご褒美とやらをもらわなければ……と真剣に考える剛だった。

あとがき

皆さん、こんにちは！　作者の之雪です。健康第一でがんばっています。
おかげさまで「峰内さん」２巻を出す事ができました！　ありがとうございます！　昨今の出版事情を考えると、続巻を出すのって結構厳しかったりするのですよ。専業作家への道は厳しいです。お買い上げありがとうございます！

相変わらずの日常を送りつつ、少しずつ変化していったり、過去に因縁ありきの新キャラが登場したりといった2巻でしたが、いかがだったでしょうか？　ゲームの比率が少し下がったかも？　しかしキャラ同士の絡みを重視するとそれ以外の要素が減少してしまうんですよね。

新キャラのレイン・ガードナーはいかがだったでしょうか。そんなに出番は多くないのですが、結構重要なポジションのキャラだったり。やはりライバルは必要ですよね。

近況ですが、そんなに大きなトラブルもなく、どうにか無事に生活しています。

　まあ、ここでは言えないような、作家活動とは関係のない嫌な問題がチョコチョコあったりするんですが……それはもうそういうものだと思わないと仕方がないですね。リアルなんてクソだぜ。

　ここ数年は急病になる事もなく、まあまあ健康な状態を維持しています。常に身体のどこかが不調なので、ベストコンディションってどんな感じだったのか、そんな時期が本当にあったのか、分からなくなっていたりしますが。

　やたらと忙しいのに、ちっとも生活が楽にならないのが悲しいですね。小説だけ書いて暮らしていけたら最高なのですが。誰かお仕事をください。いやマジで。


　ラノベ界隈では相変わらず何が流行るのか分からない状況が続いていますが、最近は推理物が増えてきているみたいですね。

　一昔前にはラノベミステリ専門のレーベルがあって、そこがなくなってからは「ラノベでミステリはダメ」みたいな事を（主にレーベル側から）言われていたのですが、状況が変わってきているのでしょうか？　ライトノベルに近いライト文芸でライトなミステリがヒットしているからなのかも。……ライトライトうるさいな！

　それでもまだまだ異世界系のファンタジーが強いみたいですね。

　一〇年ほど前、とある編集さんから「異世界物が流行ってきているけど一時的なものにすぎないでしょ」みたいな事を言われたのですが……一〇年経ってもまだ流行ってるじゃん！　というかもはや一大ジャンルですよね。僕もまた書いてみようかな？　などと企んでいたりして。

担当編集の山崎さん、いつもありがとうございます。今回は簡単な打ち合わせのみで原稿執筆のＯＫが出たのですが、執筆時間がなかなか取れなくて完成が遅れてしまい申し訳ありませんでした。今後ともよろしくお願いします。そう言えば実際にお会いした事はまだないですよね。ネット社会って怖いなあ。

イラスト担当のそふら様、今回もすばらしいイラストをありがとうございました。峰内さんのかわいいイラストを眺めて、一番癒されているのはたぶん作者の僕だと思います。本当にありがとうございます！

そして、読者の皆様、お買い上げありがとうございます。お暇な時間にでもサササッと読んでもらって、ちょっとでも楽しい気分になっていただけたらうれしいです。一行の文章、台詞一つにも魂込めて書いている甲斐があるというものです。お買い上げありがとうございます！

それではまた、なるべく近いうちにお会いしましょう！　之雪でした。

ファンレター、作品の
ご感想をお待ちしています

〈あて先〉

〒105-0001
東京都港区虎ノ門2-2-1
SBクリエイティブ(株)
GA文庫編集部 気付

「之雪先生」係
「そふら先生」係

**本書に関するご意見・ご感想は
右の QR コードよりお寄せください。**

※アクセスの際や登録時に発生する通信費等はご負担ください。

https://ga.sbcr.jp/

攻略できない峰内さん2

発　行　　2024年2月29日　初版第一刷発行
著　者　　之雪
発行者　　小川　淳

発行所　　SBクリエイティブ株式会社
〒105-0001
東京都港区虎ノ門2-2-1

装　丁　　AFTERGLOW

印刷・製本　中央精版印刷株式会社

ISBN978-4-8156-1243-6
Printed in Japan
GA文庫

攻略できない峰内さん

著：之雪　画：そふら

GA文庫

「先輩、俺と付き合って下さい！」「……え？　ええ──────っ!?」

『ボードゲーム研究会』唯《ただ》一人の部員である高岩剛《たかいわつよし》は悩んでいた。好きが高じて研究会を発足したものの、正式な部活とするには部員を揃える必要があるという。そんなある日、剛は小柄で可愛らしい先輩・峰内風《みねうちふう》と出会う。彼女がゲームにおいて指折りの実力者と知った剛は、なんとしても彼女に入部してもらおうと奮闘する！

ところが、生徒会から「規定人数に満たない研究会は廃部にする」と言い渡されてしまい──!?

之雪とそふらが贈る、ドタバタ放課後部活動ラブコメ、開幕!!

試読版は
こちら!

追放王子の暗躍無双２～魔境に捨てられた王子は英雄王たちの力を受け継ぎ最強となる～

著：西島ふみかる　画：福きつね

GA文庫

　王国を襲う未曾有の危機をなんとか退けたリオンたち。次期国王の座が近づいたセレスティア王女の元に王家から、麻薬が流出しているという領地を調べるよう命令が下った。セレスティアの命により先行して現地に向かうリオン。そこでアインという危険な男と接触し、犯罪組織への潜入に成功する。

　一方、セレスティアはクレハと共に異国の姫君一行として、領主の屋敷に正面から入り込んでいた。

　二人は裏と表、それぞれのやり方で領地の闇を暴いていく。

「お前を――逃がすと思うのか！」

　魔境育ちの最強王子による暗躍無双ファンタジー第二弾！